PASADO AMARGO

MELANIE MILBURNE

Editado por Harlequin Ibérica.
Una división de HarperCollins Ibérica, S.A.
Núñez de Balboa, 56
28001 Madrid

© 2007 Melanie Milburne
© 2016 Harlequin Ibérica, una división de HarperCollins Ibérica, S.A.
Pasado amargo, n.º 2473 - 15.6.16
Título original: Bought for Her Baby
Publicada originalmente por Mills & Boon®, Ltd., Londres.
Este título fue publicado originalmente en español en 2007

I.S.B.N.: 978-84-687-7885-3
Depósito legal: M-8907-2016
Impresión en CPI (Barcelona)
Fecha impresion para Argentina: 12.12.16
Distribuidor exclusivo para España: LOGISTA
Distribuidores para México: CODIPLYRSA y Despacho Flores
Distribuidores para Argentina: Interior, DGP, S.A. Alvarado 2118.
Cap. Fed./Buenos Aires y Gran Buenos Aires, VACCARO HNOS.

Capítulo 1

EN CUANTO Charlotte entró en la sala de juntas supuso que él ya estaba allí, porque sintió un escalofrío por la columna vertebral que le erizó el vello de la nuca, y lo buscó con la mirada.

Como si él también hubiera sentido su presencia, giró la cabeza y sus miradas se encontraron después de casi cuatro años sin verse.

Charlotte se quedó mirándolo mientras Damon se excusaba educadamente ante los miembros del museo con los que estaba hablando y avanzaba hacia ella, y sintió que se le cerraba la garganta hasta que apenas le era posible respirar.

Llevaba meses temiendo aquel momento, desde que se había enterado de que Damon Latousakis, el padre de su hija, Emily, era el patrocinador principal de la exposición sobre Grecia que estaba organizando junto con el conservador del museo.

–Hola, Charlotte –la saludó Damon poniéndose ante ella.

Charlotte intentó mantener la calma, pero lo cierto era que estaba nerviosa.

–Ho… Hola, Damon.

Damon la observó lentamente, desde su pelo castaño a su boca. A continuación, deslizó la mirada hasta su escote, que quedaba al descubierto con el vestido de noche de terciopelo que lucía y, por último, se posó de nuevo en sus ojos azules.

Charlotte se sentía como si la hubiera acariciado en todos aquellos lugares, sentía la electricidad pasando del cuerpo de Damon al suyo, sentía la piel tirante y el aire que los rodeaba, cargado.

–Te veo muy bien –comentó Damon en un tono que hacía sospechar que no lo hubiera esperado así–. Por lo que me han dicho, eres la ayudante del conservador, ¿no? Has llegado muy alto, ladronzuela. Claro que supongo que, al igual que me hiciste a mí, los tendrás a todos engañados. Supongo que no sabrán cómo eres de verdad.

Charlotte sintió un inmenso rencor en el bajo vientre, exactamente en el mismo lugar en el que se había formado el bebé que Damon había rechazado como suyo.

–Yo siempre he sido de verdad –contestó con frialdad.

Damon sonrió con desdén.

–¿Ah, sí? Vaya, será que estaba demasiado cegado por la pasión como para darme cuenta.

Al oír que Damon se refería a la pasión que había desbordado lo que había habido entre ellos, Charlotte sintió que se sonrojaba al instante, pues los tórridos recuerdos se apoderaron de su mente.

Al recordar sus cuerpos entrelazados, sintió que se estremecía de pies a cabeza y que le temblaban los muslos. Damon la había hecho conocer el placer una y otra vez durante los dos meses de vacaciones que había pasado en Santorini.

Así que pasión.

Así que Damon solo había sentido pasión por ella, mientras que ella lo había amado sin reservas.

–Perdón por interrumpirlos, señor Latousakis – intervino Diane Perry, un miembro del personal del museo–, pero tengo que hablar un momento con Charlotte.

Damon sonrió con desprecio.

–No pasa nada, ya habíamos terminado.

Charlotte se quedó mirándolo mientras se alejaba, sintiendo que le dolía el estómago como si alguien le hubiera dado una patada con una bota de puntera de hierro.

–¿Qué pasa? –le preguntó Diane frunciendo el ceño.

–Nada –contestó Charlotte intentando mostrar indiferencia–, ya sabes cómo son los millonarios griegos. Unos arrogantes.

–Ya. Bueno, pues ten cuidado con Damon Latousakis –le advirtió Diane–. Me acaba de llamar Gaye, la mujer de Julian. Julian ha tenido un infarto y está en el hospital.

–¡Oh, no!

–Se va a poner bien –le aseguró Diane–, pero quiere que mantengas al señor Latousakis contento porque él va a tardar unas cuantas semanas en poder reincorporarse al trabajo.

–¿Unas cuantas semanas? –se asustó Charlotte.

–Sí, por lo visto lo van a operar dentro de un par de días. Te va a llamar por teléfono para decirte lo que quiere que hagas exactamente, pero, mientras tanto, vas a tener que tomar tú las riendas.

–¿Yo?

–Por supuesto. Tú eres la que más experiencia tiene en miniaturas griegas. Además, fue idea tuya mezclar piezas contemporáneas y antiguas. Esta es la oportunidad que llevas tiempo esperando. Normalmente, un ayudante tiene que esperar años para comisionar una exposición. Ahora podrás demostrarle a todo el mundo el gran talento que tienes para organizar exposiciones.

–No sé si voy a poder hacerlo yo sola –dudó Charlotte–. Julian era el que se encargaba de estar en contacto con los patrocinadores. Yo no he tenido ningún contacto con ellos.

–Da igual. Lo vas a hacer fenomenal. Deja de subestimarte. Eres una de las empleadas con más talento del museo.

–Gracias por tu voto de confianza, pero me parece que te estás olvidando de algo muy importante. Soy madre soltera y no voy a poder trabajar todas las horas que trabajaba Julian.

–Casi todo el trabajo está hecho ya. De momento, lo único que tienes que hacer es dar el discurso de bienvenida de esta noche. Es importante que impresiones a los patrocinadores. De lo contrario, la exposición podría irse abajo. Ya sabes lo competitivo que es este negocio.

–Se me da fatal hablar en público... –se lamentó Charlotte mordiéndose el labio inferior–. ¿Y si me quedo en blanco? Es lo que me suele pasar cuando me pongo nerviosa.

–Lo vas a hacer fenomenal –le aseguró Diane–. Tómate una copa de champán antes de empezar para calmar los nervios y, por favor, sé especialmente amable con Damon Latousakis porque es el patrocinador principal como presidente de la Fundación Eleni. Sin su dinero y sin las piezas de la colección familiar que va a prestar, esta exposición no se podría hacer.

–No te preocupes, Diane, sé cómo manejar a los hombres como Damon Latousakis –le aseguró Charlotte.

–Bien, tienes diez minutos, así que te sugiero que te vayas a tu despacho, lejos de todo este barullo, para estar tranquila antes del discurso.

Charlotte abrió la puerta de su oficina y se encontró a su hermana pequeña preparando una pseudo cama en el suelo con un abrigo viejo.

–¿Pero qué haces? –se sorprendió.

–Hola, Charlotte, me disponía a descansar un poco entre cliente y cliente.

Charlotte apretó los dientes.

–Ya te dije que no vinieras aquí cuando estuvieras así.

–No estoy borracha –le aseguró Stacey–. Deberías divertirte un poco de vez en cuando, hermanita.

Charlotte sintió que la desesperación se apoderaba de ella mientras observaba cómo su hermana se tambaleaba al ir a sentarse.

–¿Qué haces aquí? –le preguntó.

–La verdad es que había venido a pedirte dinero, pero ya lo he solucionado por mi cuenta –contestó Stacey mirándola con los ojos enrojecidos.

–¿Cómo?

Su hermana se encogió de hombros.

–Hace un rato me he encontrado con un tipo griego a la salida de los baños. Le he ofrecido un polvo rápido, pero me ha mirado con desprecio. Me ha parecido tan arrogante, el muy canalla, que le he robado la cartera para darle una lección.

Charlotte tragó saliva.

–¿La sigues teniendo?

–¿El qué?

–La cartera. ¿La sigues teniendo o la has tirado después de quedarte con el dinero?

Stacey se metió la mano en el bolsillo trasero de los pantalones ajustados de tela de leopardo y se sacó la cartera.

–Se la iba a regalar a Brian por su cumpleaños porque parece buena –comentó entregándosela.

Charlotte acarició el suave cuero, tomó aire y la abrió, horrorizándose al ver la fotografía del carné de identidad.

–¡Oh, no! –exclamó con el corazón desbocado.

–¿Qué pasa? ¿Le conoces o qué?

Charlotte cerró los ojos. No podía ser. Le ocurría constantemente. Cada dos por tres le parecía ver la cara de Damon Latousakis cuando abría el periódico o alguna revista. Siempre que veía a un hombre moreno, de ojos negros y rasgos bellos, se le disparaba el corazón.

Sí, eso era lo que le debía de haber pasado en ese momento. Había sido porque lo acababa de ver y tenía sus rasgos todavía en la retina.

Charlotte abrió los ojos y volvió a mirar.

Era él.

Charlotte cerró la cartera y, temblando, se la metió en el bolso.

–¿Cómo has conseguido entrar en el edificio? –le preguntó a su hermana.

–Le dije al tío de la puerta que era tu hermana –contestó Stacey.

Charlotte apretó los dientes, pues su hermana llevaba el pelo teñido de rubio platino y unos vaqueros tan apretados e indecentes como la camiseta de gran escote que lucía.

–Mira, tengo que dar un discurso en un par de minutos –le dijo nerviosa.

–Muy bien, por mí no hay problema –contestó Stacey haciendo el amago de tumbarse en la improvisada cama que se había preparado–. Yo solo voy a dormir un ratito y me voy.

–¡No! –exclamó Charlotte obligándola a ponerse en pie–. No, no te puedes quedar durmiendo aquí. Yo voy a tardar un buen rato en volver y no quiero ni imaginarme lo que ocurriría si alguien te encontrara aquí...

–Ya –dijo Stacey apartándose de ella–. Claro, te avergüenzas de mí –añadió dolida.

–No es cierto. Lo que pasa es que esta noche es muy importante para mí –le aseguró Charlotte fijándose en la hora que era.

–Venga, Charlie, serán solo un par de horas –le aseguró Stacey–. Tengo otro cliente a las once.

Charlotte sintió náuseas al imaginarse a su hermana acostándose con cualquiera que le diera dinero a cambio.

–¿Cómo eres capaz de hacerte una cosa así? Mírate. Estás delgadísima y muy pálida. Te estás matando y no voy a permitirlo.

–Me voy a poner bien, te lo aseguro. Solo quería probarlo una última vez antes de dejarlo.

Una última vez. ¿Cuántas veces había oído Charlotte aquella promesa que jamás se cumplía?

–¿Por qué no vuelves a ingresar en la clínica de desintoxicación? –le propuso.

–Ese sitio era espantoso –contestó su hermana poniendo cara de disgusto–. No volvería aunque me pagaras por ello.

–Te pagan por ir a otros sitios mucho más es-

pantosos y para hacer Dios sabe qué cosas espan-
tosas con hombres completamente espantosos –
apuntó Charlotte irritada.

–Estás celosa porque hace cuatro años que no
hueles el sexo.

–Por si no te has dado cuenta, mira en la que me
metí la última vez que se me ocurrió probarlo –le
espetó Charlotte.

A continuación, se imaginó lo que haría Damon
si se enterara de quién le había robado la cartera y,
entonces, se dio cuenta de que estaba a poca distancia de allí, esperando con los demás a que ella
comenzara su discurso.

–El otro día leí algo sobre una clínica privada
que es muy buena –le dijo a Stacey–. ¿Accederías
a ir si consigo el dinero?

Su hermana se encogió de hombros y se tumbó
en el suelo.

–Puede que sí y puede que no.

–Por favor, por lo menos, prométeme que te lo
vas a pensar –le rogó Charlotte con lágrimas de
frustración en los ojos–. No quiero que Emily
crezca sin su tía. Eres lo único que tengo, Stacey.
Mamá se quedaría horrorizada si te viera así, sobre
todo después de lo que le pasó a papá.

Su hermana apoyó la cabeza en un cojín y cerró
los ojos.

–Muy bien, te prometo que me lo voy a pensar,
pero nada más.

Charlotte se apresuró a sacar del último cajón

de su mesa la mantita de conejitos que tenía guardada para cuando Emily iba por allí y se la puso a su hermana por encima.

Stacey emitió un sonido que parecía querer decir que estaba a gusto. Tras cerciorarse de que se había quedado dormida, Charlotte sacó la cartera del bolso y miró la fotografía de Damon, que le evocó demasiados recuerdos dolorosos.

Aquellos ojos negros habían brillado de deseo desde la primera vez que se habían posado en ella. Charlotte tuvo que hacer un gran esfuerzo para no estremecerse de pies a cabeza al recordar cómo aquella boca se había apoderado de la suya, cómo aquellas manos habían explorado todas y cada una de las curvas de su cuerpo y cómo su masculinidad había explotado dentro de ella varias veces, arrebatándole su inocencia y dejando en su lugar un hambre que parecía imposible de saciar.

De alguna manera, era cierto que todavía no se había saciado.

Charlotte cerró la cartera y suspiró, decidiendo que lo primero que haría al día siguiente sería dejar la cartera anónimamente en el hotel de Damon.

Con un poco de suerte, Damon jamás sabría quién se la había robado...

Capítulo 2

CHARLOTTE acababa de cerrar la puerta de su despacho cuando vio que una silueta alta salía de las sombras del pasillo y sintió que le daba un vuelco el corazón al reconocer la penetrante mirada de Damon Latousakis.

«Por favor, Stacey, no te muevas».

–Me estaba preguntando dónde te habrías ido –le espetó Damon.

–Tenía que... mirar unas cosas –contestó Charlotte.

–¿Este es tu despacho?

–Eh... sí.

–¿Por qué no me invitas a pasar y hablamos un rato? –le propuso Damon.

–¿Hablar de qué? –contestó Charlotte poniéndose nerviosa.

–De nosotros –contestó Damon tomando un mechón de su pelo entre los dedos y acariciándolo como si estuviera sopesando su calidad.

La estaba mirando de manera inequívoca y Charlotte sintió que el deseo se apoderaba de ella, que la lava ardiente recorría su cuerpo y que sus pechos se tensaban.

–Tú y yo no tenemos nada de lo que hablar, Damon, porque ya no somos pareja –contestó–. Por si no lo recuerdas, diste por terminada nuestra relación hace cuatro años.

–Lo recuerdo perfectamente –contestó Damon sin dejar de mirarla a los ojos–. Veo en tus ojos que tú también lo recuerdas todo perfectamente.

El silencio estaba lleno de recuerdos, de recuerdos peligrosos y seductores que podían acabar con el autocontrol que se había impuesto a sí misma. Charlotte, que se creía inmune al atractivo de aquel hombre, se había dado cuenta desde que sus miradas se habían vuelto a encontrar aquella noche, de que volvía a sentirse atraída por él de manera irrevocable.

En aquel momento, escuchó una tos proveniente del interior de su despacho y dio un respingo.

–Te tengo que dejar... me tengo que preparar para la reunión... –anunció subiendo el tono de voz por si a su hermana se le ocurría volver a toser–. Ya nos veremos luego. Podemos hablar más tarde. Ya sabes, nos podemos tomar una copa o algo... –añadió sin pensar en las consecuencias de aquella idea.

Estaba tan nerviosa ante la posibilidad de que Damon descubriera a su hermana escondida en su despacho que estaba hablando por hablar.

Damon se apartó y le dedicó una sonrisa enigmática.

–Muy bien, Charlotte –contestó.

Charlotte se quedó apoyada en la puerta de su despacho, viendo cómo se alejaba, y suspiró aliviada cuando se volvió a perder en las sombras del pasillo.

Cuatro años atrás, acceder a tomar una copa con él había sido el peor error de su vida. Acababa de hacer lo mismo y no tenía ni idea de cuáles iban a ser las consecuencias esa vez.

Con piernas temblorosas, Charlotte avanzó hacia la sala de juntas.

Unos minutos después, Charlotte se encontraba mirando a su alrededor en la sala de juntas, preguntándose si iba a necesitar más de una copa de champán para armarse de valor. Tal y como se encontraba, ni con dos botellas enteras veía posible librarse del pánico que la invadía.

Los últimos rezagados estaban entrando en la estancia, charlando animadamente y poniéndola cada vez más nerviosa.

Al fondo, vio a Damon con una copa de champán que apenas había tocado en la mano. Cuando se giró hacia ella, la miró a los ojos y Charlotte comprendió que en sus pupilas había una promesa que la hizo estremecerse de pies a cabeza.

–Miembros y amigos del museo y honorables invitados, señoras y señores –comenzó el director del museo–. Es un gran honor para nosotros contar hoy aquí con el señor Damon Latousakis, presidente de la Fundación Eleni, que ha tenido la amabilidad de venir desde Grecia –añadió sonriendo al aludido–. Les voy a presentar a la conservadora en funciones del museo, la señorita Charlotte Woodruff, que nos va a hablar de la exposición y de cómo sería imposible organizarla sin la generosa aportación de ustedes, de los socios y amigos del museo y de nuestros maravillosos patrocinadores, entre los que cabe destacar, de nuevo, al generoso señor Latousakis. Charlotte...

Charlotte se acercó el micrófono y se dio cuenta de que tenía la mente completamente en blanco. ¿Qué iba a decir? Con la distracción de la repentina visita de su hermana y la no menos repentina aparición de Damon en el pasillo no había tenido tiempo de prepararse el discurso.

Tenía que pensar deprisa y los preciosos segundos que tardó el técnico de sonido en ajustar el micrófono a su altura le valieron de mucho.

–Miembros y amigos del museo, honorables invitados, señoras y señores... –comenzó.

Y, de alguna manera, consiguió terminar el discurso sin mirar ni una sola vez a Damon Latousakis. Aun así, sentía su mirada clavada en ella.

Al terminar, bajó del podio y se tomó la copa de champán que Diane le tenía preparada. Su amiga la llevó a un rincón.

–¿Qué te había dicho? Lo has hecho fenomenal. Madre mía, Damon Latousakis no te ha quitado el

ojo de encima, era como si te estuviera desnu-
dando con la mirada. Aunque te parezca un arrogante, le has debido de causar buena impresión.

Charlotte le dio un buen trago al champán.

–Creo que te equivocas. No le caigo bien en absoluto –le contestó mirando al aludido.

–¿Por qué dices eso? –se extrañó Diane.

–Intuición femenina.

–¿Ya os conocíais?

Charlotte no contestó.

–Claro, ya os conocíais. ¿Fue cuando te fuiste a
Grecia a investigar para la tesis?

Charlotte dejó la copa de champán a medio beber
sobre una mesa y se giró para no tener que seguir
mirando al hombre que le había roto el corazón.

–Sí, nos conocemos, pero prefiero no hablar de
ello. Lo siento, Diane, pero es muy doloroso para
mí.

–No te preocupes, no diré nada –le prometió
Diane–. Vaya, viene para acá. Me voy.

–¡No, no te vayas! –exclamó Charlotte intentando agarrar a su compañera del brazo.

Demasiado tarde. Otro miembro del equipo había reclamado su presencia en la otra punta de la
habitación.

–Ha llegado el momento de que cumplas tu promesa, Charlotte –dijo Damon al llegar a su lado–.
Vámonos a tomar algo por ahí.

–Eh... yo... no me puedo ir en estos momentos...
tengo que hablar con más gente y...

Damon se acercó tanto a ella que Charlotte tuvo que levantar la cabeza para no perder el contacto visual. Evidentemente, estaba intentando intimidarla.

–No estarás intentando darme esquinazo, ¿verdad?

–La verdad es que... no me parece muy buena idea revivir el pasado... ha sido un día muy largo y creo que sería mejor que me fuera a casa...

Damon la miró furioso.

–Si me obligas, voy a tener que recordarte que, si no accedes a tomarte una copa conmigo, puede que te encuentres sin exposición y sin trabajo.

Charlotte sabía que era cierto. Si ponía en peligro la posibilidad de que se celebrara la exposición, ya se podía ir despidiendo de convertirse en conservadora del museo. Jamás la volverían a considerar para el ascenso y, tal y como Damon le acababa de mencionar, incluso podrían despedirla.

–La velada está tocando a su fin y mi limusina está fuera esperándonos –insistió Damon–. Nos vamos a ir a mi hotel. Allí podremos hablar en privado y tomarnos una copa. ¿Entendido?

Charlotte tragó saliva.

–Si insistes... –contestó furiosa.

–Insisto –contestó Damon tomándola del brazo–. Vámonos. Sonríeles a las cámaras. No quedaría bien que en los periódicos de mañana aparecieras con cara de pocos amigos como si yo fuera el diablo.

Charlotte prefirió no contestar. Sentía sus dedos

a través de las mangas del vestido. Aquel gesto la incomodaba.

Efectivamente, fuera los estaba esperando una limusina. Una vez dentro del vehículo, Damon subió el cristal de separación con el chófer y se arrellanó en el asiento de cuero. Al hacerlo y ser mucho más grande y pesado que ella, Charlotte se encontró yendo irremediablemente hacia él, así que apoyó la mano para separarse con la mala suerte de que fue a apoyarse directamente en su muslo.

Por supuesto, se apresuró a retirarla, pero Damon se la tomó y se la volvió a colocar en su muslo, pero mucho más arriba. Charlotte lo miró horrorizada al sentir que algo se movía bajo el pantalón.

–¿Qué ocurre, Charlotte? ¿Ya no te acuerdas de que te encantaba meter la mano por ahí? Eso era lo que querías hacer esta noche, ¿no? Recordarme con tus caricias lo que tuvimos por si se me había olvidado.

Charlotte sintió que un líquido le resbalaba entre los muslos. Oh, cuántas cosas le había enseñado aquel hombre. Damon Latousakis era un maestro del sexo, había tenido un gran profesor.

–¿Y qué tal sigue tu lengua? La recuerdo vibrante y voraz. Me encantaría volver a sentirla –añadió Damon.

Charlotte no podía ni hablar.

Damon se inclinó sobre ella lentamente y la besó en el cuello.

–Todavía recuerdo tu sabor, mezcla de sal y azúcar –comentó Damon.

Charlotte sintió el aguijón del deseo, mil agujas por toda la piel, e intentó apartarse de él, pero Damon continuó deslizándose por su cuello hasta que llegó al escote, al que pudo acceder perfectamente gracias al vestido que Charlotte llevaba.

Charlotte dio un respingo al sentir su lengua en aquella zona de su anatomía tan sensible y, al instante, toda racionalidad abandonó su mente.

–Sigues sabiendo a pasión, Charlotte –dijo Damon con voz grave mientras le acariciaba el pecho con la mano–. La siento bajo tu piel.

A continuación, tomó su pecho derecho en la palma de la mano y comenzó a jugar con su pezón, que ya estaba duro, debatiéndose entre el placer y el dolor.

A Charlotte le pareció que la boca de Damon tenía una mueca de crueldad mientras se inclinaba sobre la suya, pero se dijo que solo sería un beso.

«Solo un beso», se prometió a sí misma.

Los labios de Damon estaban tan ardientes como los suyos, su lengua invadió con fuerza su boca, haciendo que los sentidos de Charlotte se dispararan. Charlotte sintió que sus bocas se devoraban y no dudó en pasarle el brazo por el cuello y en acariciarle el pelo mientras sus lenguas danzaban al unísono, cada vez más excitadas.

Damon la apretó contra el asiento de cuero, abandonó su boca y siguió el mismo camino con la lengua por su pecho que había seguido con sus manos. Charlotte arqueó la espalda al sentir su lengua formando círculos alrededor de su pezón y sintió que perdía el control, cerró los ojos y se recreó en el placer.

Sintió su erección y con un descaro que no era consciente de poseer, se puso a acariciarla de arriba abajo hasta que, encantada, oyó gemir a Damon.

La boca de Damon volvió a apoderarse de la suya con un calor y un fuego devastadores, que hicieron que todos los recuerdos explotaran en la cabeza de Charlotte, aquellos recuerdos de la cantidad de veces que habían hecho el amor bajo el sol de verano de Santorini.

Charlotte recordó la primera vez que lo había tenido en su boca, revivió el maravilloso placer que supuso saber que tenía el poder, que era suyo.

Damon apartó la boca de repente y la miró a los ojos.

–Lo que yo suponía –dijo–. Me sigues deseando, exactamente igual que yo a ti, ¿verdad, Charlotte?

–¡No! –exclamó Charlotte echándose atrás–. No es cierto.

Damon la agarró de la mano y se la llevó a la boca.

–Lo que me gustaría saber es tu precio esta vez –añadió chupándole los dedos.

Charlotte lo miró horrorizada.

–¿Precio?

Damon sonrió con dureza.

–Supongo que ahora querrás más. No creo que te conformes con robarnos alguna cosilla familiar.

–Te equivocas –contestó Charlotte elevando el mentón en actitud desafiante–. Yo nunca os robé nada ni a ti ni a tu madre. Alguien me hizo una encerrona. Yo nunca he robado nada.

–Veo que sigues sin admitirlo. Sigues siendo una mentirosa –insistió Damon mirándola enfadado.

–¡No estoy mintiendo! –se defendió Charlotte.

–Sé perfectamente cómo eres, Charlotte. Eres una experta en engaños. Han pasado cuatro años y sigues siendo la mentirosa más convincente que he conocido jamás. Tienes tu defensa de inocencia tan bien ensayada que estoy seguro de que serías capaz de engañar incluso a un polígrafo, pero no soy tonto. Sé perfectamente lo que te propones.

Charlotte sintió náuseas. La cabeza le daba vueltas tan deprisa que tuvo que pinzarse el caballete para mantener el control. El cuerpo entero le temblaba de rigidez cuando la limusina paró ante uno de los mejores hoteles de Sídney.

–Baja –le ordenó Damon cuando el conductor abrió la puerta.

Charlotte bajó del coche y se reunió con Damon, que la estaba esperando y la agarró de la mano con fuerza. Era imposible escapar.

Una vez dentro, subieron en el ascensor a la última planta. En el trayecto, a medida que los números iban indicando en qué piso estaban, Charlotte iba sintiendo que el pánico se apoderaba de ella.

Capítulo 3

DAMON abrió la puerta del ático e hizo entrar a Charlotte, que se quedó mirándolo mientras se quitaba la corbata. Aquel gesto tan masculino hizo que volviera a desearlo a pesar de lo que había sucedido.

–Me pregunto qué te propones esta vez –insistió Damon quitándose la chaqueta y dejándola sobre un sofá.

Charlotte enrojeció de furia y de vergüenza.

–No me propongo nada.

Damon se rio.

–Todas las mujeres tenéis un precio –arguyó con arrogancia–. Lo que tenemos que hacer los hombres es averiguar cuál es. Hace cuatro años, querías un marido millonario y estuviste a punto de conseguirlo.

Charlotte vio cómo el cinturón de Damon caía al suelo y se movía como una serpiente y sintió miedo.

–Confieso que esta vez estoy intrigado, pues no entiendo tus motivos –continuó–. Primero me dices que nos tomemos una copa, y luego, finges que ya no te interesa la idea, pero, a continuación, no dudas en tocarme y en besarme y ahora dices que no sientes absolutamente ninguna atracción por mí. ¿Pretendes jugar conmigo al gato y al ratón?

–¡Claro que no!

–¿Cómo que no? Te proponías restregarme por las narices lo que había dejado escapar, ¿verdad? –insistió Damon tomándola de la barbilla y obligándola a mirarlo a los ojos–. Lo que me pregunto es si me estás ofreciendo una repetición de la jugada –añadió acariciándole el labio inferior.

–No –contestó Charlotte.

A pesar de que lo había dicho con poca convicción, sabía que no podía acostarse con él. Si lo hiciera, Damon vería la cicatriz que le había dejado la cesárea de urgencia. Damon la había acusado de fingir que estaba embarazada para salir del lío en el que se había metido. ¿Qué diría si averiguara que el embarazo había sido real?

Si Damon se enterara de que tenían una hija, Charlotte sabía que ya se podía ir despidiendo de ella. Lo tenía muy claro. Además de los problemas de su hermana, el hecho de que Damon la hubiera acusado de robo cuatro años atrás le haría imposible hacerse con la custodia de la niña. Además, un buen abogado le costaría un dinero que no tenía.

Tenía que internar a Stacey en aquella clínica. Era la única oportunidad que tenía para vencer su adicción.

–Estás pálida –observó Damon–. ¿Te he sor-

prendido? ¿Acaso no pensabas que pudiera desear-
te después de todo este tiempo?

Charlotte se mojó los labios.

–Sí... la verdad es que estoy un poco sorprendida...

–Para ser sinceros, yo también –contestó Damon–. No esperaba sentir nada por ti aparte de
odio, claro, pero, cuando te he visto, te he deseado
al instante. Quiero volver a estar contigo. Tú te has
dado cuenta enseguida y por eso has estado jugando conmigo toda la noche, ¿verdad? Quieres
que revivamos lo que iniciamos hace cuatro años.

Charlotte lo miró con desprecio.

–Solo un bárbaro querría satisfacer el deseo que
siente por una persona a la que odia.

–¿Me estás llamando bárbaro? Si quisiera, te
haría tragar esas palabras. Por si no lo recuerdas,
has sido tú la que te has abalanzado sobre mí en la
limusina. Has dejado muy claro que querías que
hubiera algo entre nosotros.

Charlotte sintió que la ira se apoderaba de ella,
pero también se sentía avergonzada por cómo lo
había acariciado.

–No me intimidas lo más mínimo –mintió.

–Me parece que no te estás enterando de nada –
rugió Damon.

Charlotte sintió que se estremecía de pies a cabeza.

–¿A qué te refieres?

–Te deseo –declaró Damon–. Y tú me deseas a

mí. Voy a estar en Sídney un mes y durante ese tiempo quiero que seas mi amante.

–¡No! –exclamó Charlotte dando un paso atrás.

–¿No? –exclamó Damon enarcando las cejas.

–N. O. No. Jamás.

Damon se quedó en silencio. La tensión era insufrible.

–Esta noche he conocido a una mujer, ¿sabes? Se trata de una mujer que me recuerda mucho a ti.

Sin querer, Charlotte desvió la mirada hacia su bolso.

–Por lo visto, en tu familia sois todos buenos ladrones.

–No sé de qué me estás hablando.

–La policía está buscando a tu hermana en estos momentos. Cuando la encuentre, tendré que decidir si la denuncio o no.

Charlotte se quedó mirándolo con la boca abierta.

–Por supuesto, si la denuncio, tendrá que ir a juicio y, tal vez, a la cárcel –declaró Damon con frialdad.

Charlotte sabía que en las cárceles había mucha droga. Su padre había tenido una muerte horrible, una muerte que se podría haber prevenido si hubiera recibido la ayuda que necesitaba.

No quería que a su hermana le ocurriera lo mismo. Costara lo que costara, tenía que evitar que Stacey fuera a la cárcel. De ingresar en prisión, jamás se recuperaría.

–Como verás, todo depende de ti –sonrió Damon–. Si no aceptas ser mi amante durante un mes, irás a ver a tu hermana a la cárcel.

–¿Cómo me puedes pedir una cosa así? Es completamente inmoral.

–A lo mejor es que tu hermana no te importa lo suficiente. La verdad es que salta a la vista que tú tienes mucha más clase que ella. Quizás sea que contigo voy a tener que emplear otros métodos.

«Ya está. Ahora me va a amenazar con dejarme sin trabajo», pensó Charlotte.

–¿Sabes a lo que me refiero?

Charlotte apretó los dientes.

–¿Qué serías capaz de hacer si yo decidiera no cooperar? Venga, suéltalo de una vez. Puedo con ello. Es lo que me espero de una persona sin principios como tú.

–Para empezar, vas a tener que tener cuidado con esa boca –le advirtió Damon–. No pienso tolerarte que me hables así.

–¿Y cómo quieres que te hable si me estás tratando como a una... una...?

–¿Una prostituta quieres decir? ¿Es esa la palabra que estabas buscando?

–No soy una prostituta y no pienso consentirte que tú me conviertas en una.

–No es esa mi intención, te lo aseguro. Lo que espero de ti es diferente. Quiero que me acompañes a los diferentes compromisos sociales que tengo durante mi estancia. No conozco esta ciudad y agradecería tener a alguien que me hiciera de cicerone.

–¿Y si yo no quiero ser ese alguien?

Damon sonrió.

–Sabes perfectamente que, si no aceptas ser mi amante, la Fundación Eleni retirará inmediatamente su patronazgo a la exposición que tú y tus colegas habéis planeado tan meticulosamente. Ya sabes que si el principal patrocinador de una exposición se retira de repente, los demás no dudan en hacer lo mismo.

Charlotte se mordió la lengua para no llamarle unas cuantas cosas.

–En cuanto a tu trabajo... ¿tú crees que merece la pena quedarte sin trabajo por una mera cuestión de orgullo?

–¡No pienso consentir que me hagas esto! ¡No voy a consentir que juegues conmigo de esta manera!

–No puedes hacer nada, Charlotte. No tienes alternativa. Si no aceptas ser mi amante, atente a las consecuencias. Hace cuatro años, permití que te fueras de rositas. Mi madre intercedió por ti y no permitió que te denunciara a la policía, que era lo que yo quería hacer, pero ahora no está aquí para protegerte.

Charlotte sintió que se le llenaban los ojos de lágrimas.

No iba a llorar.

No era el momento apropiado.

Jamás lloraría delante de él.

–Nunca robé nada de la galería de tu madre.

Damon ignoró su comentario.

—Conseguiste meterte en mi cama para llegar al tesoro de la colección de mi padre, ¿verdad? Me tendría que haber dado cuenta, pero confiaba en ti. Me engañaste como a un tonto. Te tenía por una inocente chica de veintidós años, una estudiante que no había visto mucho mundo. Obviamente, me equivoqué. Es evidente que te las sabías todas. Después de que te fueras, el director del hotel me dijo que otros dos hombres frecuentaban tu habitación al mismo tiempo que salías conmigo.

Charlotte lo miró indignada.

—¡Eso es mentira!

Damon la miró ladeando la cabeza.

—Lo que pasó fue que esos dos jóvenes en cuestión me propusieron salir con ellos una noche y yo les dije que no, lo que hizo que se enfadaran. A partir de entonces, se dedicaron a hacerme jugaditas tipo dejar su ropa en mi habitación o robarme la almohada.

—¿Y por qué no me hablaste de ellos? —apuntó Damon.

—No me pareció necesario. Solamente eran dos jovencitos con demasiado dinero y ningún sentido común. No quería buscarles un lío innecesario.

—No te creo.

Charlotte lo miró furiosa.

—Y a mí qué más me da. Nunca me has creído. Estás loco. Completamente loco.

—No, Charlotte, no estoy loco. Yo lo que quiero es que se haga justicia.

–¿Por qué ahora?

–Cuando Julian Deverell se puso en contacto conmigo para hablarme de que quería organizar esta exposición, mostré mi interés inmediatamente. Sabía que vivías en Sídney, así que cuando me enteré de que, además de trabajar en el museo, estabas directamente involucrada en la organización de la exposición, me dije que era la oportunidad perfecta para venir a ver qué había sido de tu vida.

–¿Sabías que trabajaba en el museo?

–Sí, qué casualidad tan maravillosa, ¿verdad? Admito que me quedé impresionado al saber que habías terminado tus estudios y que incluso tenías un doctorado. Una trayectoria impresionante para una mujer de tu edad. Claro que supongo que todo eso lo habrás conseguido a base de acostarte con quien te haya sido necesario.

Charlotte lo miró indignada. Lo cierto era que había tenido que estudiar mucho para obtener sus títulos. En aquel entonces, estaba embarazada y a su madre le habían diagnosticado un cáncer de pecho. Se quedaba estudiando todas las noches y se levantaba muy pronto para escribir su tesis y todo ello mientras cuidaba a su madre y procuraba que su hermana pequeña no se rodeara de gente indeseable.

Charlotte se culpaba por lo que le pasaba a Stacey. Aunque era obvio que su hermana menor seguía el mismo camino que su padre, ella no había tenido tiempo de darse cuenta pues estaba completamente absorbida por sus estudios y su embarazo.

–Piensa lo que quieras. Yo tengo muy claro que mis notas no salieron de acostarme con nadie –le aseguró.

–Ya... así que tenías buenas notas, ¿eh? Gracias a ellas puedes disfrutar de tener todos los días entre tus manos piezas muy antiguas. ¿Te has dejado tentar ya por la posibilidad de vender alguna en el mercado negro?

–No me voy a molestar ni en contestarte a esa pregunta.

Damon se quedó en silencio unos segundos.

–¿Por qué no me contaste que tu padre había cumplido condena por robo a mano armada? –le espetó de repente.

Charlotte sintió una terrible vergüenza, pero se obligó a no bajar la mirada.

–Mi padre murió en la cárcel hace varios años. No merece la pena pensar en él –contestó con frialdad.

–Sería una pena que me obligaras a contarles a tus jefes la indiscreción que cometiste hace cuatro años. No creo que les gustara saber que tienen a una ladrona entre ellos.

Charlotte era consciente de que Damon sería capaz de hacer una cosa así. Lo veía en sus ojos.

–Eres repugnante. Te odio.

–Eso hará nuestra relación mucho más interesante.

–No, será una relación repugnante e insoportable.

–Por supuesto, me aseguraré de que seas adecuadamente recompensada —insistió Damon sacándose el talonario del bolsillo—. Para empezar, tienes que ir de compras. Pago yo.

Charlotte se quedó observándolo mientras firmaba el cheque.

—Está en blanco —objetó.

—Exactamente. Tú pones el precio —contestó Damon.

Charlotte sabía que Damon tenía tanto dinero que podría pedir lo que quisiera, pero decidió no hacerlo. De repente, pensó en su hermana, que todas las noches vendía su cuerpo para pagar sus vicios, y pensó que tenía la oportunidad de ayudarla, de conseguir que terminara con aquella situación para siempre.

Charlotte se encontró recordando la pasión que había compartido con aquel hombre y le dio un vuelco el estómago ante la posibilidad de alcanzar de nuevo cotas de sensualidad tan altas.

No.

No iba a volver a hacerlo.

—Parece que te resulta difícil decidir la cifra. Bueno, piénsatelo y pones lo que quieras —le dijo arrebatándole el bolso sin previo aviso.

Al abrirlo él, Charlotte sintió que se sonrojaba de pies a cabeza.

—Te la iba a devolver —dijo al ver que Damon había encontrado su cartera.

—Eres una mentirosa —le reprochó Damon mirándola con ojos acusadores—. Trabajas de acuerdo con tu hermana, ¿verdad? Claro, trabajáis en equipo. Debería haberme dado cuenta antes.

–¡No, eso no es verdad! Te prometo que conseguiré devolverte el dinero...

–Por supuesto –contestó Damon comprobando que la cartera estaba vacía–. Mientras tanto, vas a tener que pagar en especie.

–No puedo hacer eso, Damon –contestó Charlotte tragando saliva–. Por favor, no me pidas que lo haga.

–No te lo pido, Charlotte, te lo ordeno. Si no aceptas ser mi amante, tu hermana tendrá que vérselas con la policía, que es, obviamente, lo que se merece.

Charlotte se sentía acorralada. No había escapatoria.

–¿Cuánto quieres? –insistió Damon.

Charlotte se quedó mirando al suelo y murmuró una cifra, lo que ella creía que sería suficiente para cubrir los gastos de ingreso de Stacey en la clínica de rehabilitación. Toda aquella situación la sumía en una profunda desesperación. Estaba accediendo a convertirse en amante de Damon de nuevo para salvar a su hermana, pero sabía que lo único que iba a conseguir era sufrir.

Sin embargo, no tenía alternativa. Aparte de los problemas de Stacey, Charlotte no quería que Damon se enterara de la existencia de Emily. Si se enterara de que tenía una hija, no pararía hasta llevársela.

–Desde luego, eres una actriz maravillosa –comentó Damon entregándole el cheque–. Cualquiera que te viera, diría que te encuentras incómoda aceptando dinero de mí, pero yo sé que todo es una estrategia perfectamente planificada para que baje la guardia.

–Me resulta incómodo aceptar incluso tu mirada, así que imagínate lo incómodo que me resulta aceptar tu dinero –le aseguró Charlotte en tono cortante–. La idea de compartir mi cuerpo contigo me hace tener náuseas.

Damon la miró con dureza y apretó las mandíbulas.

–En la limusina, no parecías pensar lo mismo. Sabes perfectamente que, de haber querido, podría haberte hecho mía tranquilamente.

–Habría sido a la fuerza –mintió Charlotte.

–¿De verdad? –se burló Damon riéndose.

–Te odio, Damon Latousakis, te odio con todo mi corazón.

–No lo dudo, pero vas a tener que disimular porque en público quiero que seamos como cualquier otra pareja, cariñosos y respetuosos el uno con el otro.

–¿Cómo tienes pensado que sea nuestra... relación? –preguntó Charlotte bajando la mirada.

–Me gustaría verte a menudo.

Charlotte sintió una tremenda angustia. Su hija no podía soportar que saliera más que una o dos veces por semana, lo que propiciaba que Charlotte se sintiera terriblemente presionada al tener que cumplir tanto con su deber de madre como con su trabajo.

Damon vio que Charlotte parecía muy asustada y se preguntó si habría ido demasiado lejos. No había manera de saberlo porque aquella mujer era una actriz sublime. Cuatro años atrás, después de jurarle amor eterno, le había dado una buena puñalada por la espalda. Charlotte había utilizado su relación para llegar hasta el dinero de su familia y eso no estaba dispuesto a perdonárselo jamás.

El hecho de que su hermana le hubiera robado la cartera no era, por supuesto, ninguna coincidencia. Evidentemente, Charlotte tenía que saber desde hacía meses que él iba a acudir a la fiesta aquella noche y seguro que había pensado que la mejor forma de darle la bienvenida era robándole la cartera, perfecta e irónica venganza porque hacía cuatro años la había sorprendido haciendo precisamente eso, robar.

–Quiero verte todas las tardes –insistió–. De vez en cuando, incluso pasarás la noche fuera de casa.

Charlotte lo miró con lágrimas en los ojos.

–No me puedo quedar a dormir por ahí... –declaró.

–¿Hay alguna otra persona en tu vida? –quiso saber Damon agarrándola de la barbilla y obligándola a que lo mirara a los ojos.

«Sí, tu hija, a la que le encanta que la arrope todas las noches», pensó Charlotte.

Charlotte no estaba dispuesta a contarle la verdad, así que decidió que iba a tener que encontrar la manera de cumplir con las expectativas de Damon sin comprometer el bienestar de Emily.

No podía contar con su hermana, pero sí con su buena amiga Caroline Taylor. Siempre que alguna de las dos tenía algo que hacer, la otra se quedaba con su hija, así que sabía que podía recurrir a ella.

–No, no... no hay nadie... –contestó–. Lo que pasa es que estoy haciendo un curso de arqueología por Internet y tengo que estudiar mucho y presentar muchos trabajos. Suelo estudiar por las noches porque es el único momento que tengo libre –improvisó Charlotte rezando para que Damon se lo creyera.

Damon la miró lánguidamente, le soltó la barbilla y abrió la puerta.

–Nos vemos mañana por la tarde –anunció con frialdad–. Quedamos en el bar del hotel a las siete y media. Si no puedo llegar a tiempo, le diré al portero que te entregue las llaves de mi habitación.

Charlotte salió con piernas temblorosas y, al girarse, se encontró con que Damon le había cerrado la puerta en las narices.

Capítulo 4

AL DÍA siguiente a la hora de comer, Charlotte se dirigió al banco a ingresar el cheque de Damon. Fue entonces cuando se dio cuenta de que era realmente extraño que Damon tuviera una cuenta bancaria en Australia cuando iba a pasar en el país solamente un mes.

Por supuesto, no quiso ni plantearse que tuviera intención de quedarse más tiempo y que, por eso, hubiera abierto una cuenta en un banco australiano.

La posibilidad era aterradora.

A continuación, mientras atravesaba el parque en dirección al museo, llamó a Caroline para preguntar por Emily, que se había quedado a dormir en su casa la noche anterior para que ella pudiera acudir a la fiesta, y le pidió a su amiga que se quedara con su hija una noche más.

—Verás, es que a mi jefe le ha dado un ataque al corazón y me tengo que ocupar de todo. Tengo mucho más trabajo del que creía y voy a tener que salir un par de noches –le explicó sin mencionar que el padre de su hija estaba en Sídney.

—Ya sabes que, siempre que pueda, estoy encan-

tada de echarte una mano, Charlotte –le aseguró
Caroline–. Para eso estamos las madres solteras,
para ayudarnos las unas a las otras. Además, ya sabes que a Janie le encanta que Emily venga a dormir. Lo cierto es que me resulta más fácil cuidarlas
a las dos juntas que solo a una porque, cuando están jugando las dos solas, yo tengo tiempo para terminar los vestidos. De lo contrario, tendría que estar constantemente pendiente de Janie.

–¿De verdad que no te importa?

–Claro que no. Tú no te preocupes, concéntrate
en tu trabajo y en pasártelo bien por las noches ya
que tienes que salir. Déjalos con la boca abierta
con tus habilidades.

«Sí, claro», pensó Charlotte mientras colgaba el
teléfono.

Lo último que quería en la vida era dejar a Damon Latousakis con la boca abierta por nada.

–No me puedo creer que me estés haciendo esto
–le dijo Charlotte casi a gritos a su hermana.

Estaba arreglándose a toda velocidad para reu-
nirse con Damon. Ya llegaba tarde. Había pasado
un rato con Emily antes de volver corriendo a casa
para cambiarse de ropa y acicalarse un poco. La
niña estaba cansada y medio llorosa y a Charlotte
le había costado mucho separarse de ella porque
era evidente que a la pequeña le hubiera gustado
estar un ratito más juntas. El hecho de que Stacey

se presentara en casa sin avisar para volver a pedirle dinero era la gota que colmaba el vaso.

—Solo te estoy pidiendo cincuenta dólares —le
rogó su hermana.

—¿Para qué los quieres? —le preguntó Charlotte
mientras se ponía unos pendientes.

—Para comprar comida y cosas.

—Hay comida en la cocina. Llévate toda la que
quieras.

—Venga, Charlotte, por favor. Te prometo que te
lo devolveré.

Charlotte la miró furiosa.

—Como te atrevas a darme el dinero que has obtenido de acostarte con...

De repente, se mordió la lengua, pues le pareció
que todo aquello era de lo más hipócrita por su parte.

—¿Qué te pasa? Estás a la que salta.

—He quedado para salir —contestó Charlotte.

—¿Con un hombre? —se sorprendió Stacey.

—Sí.

—¿De quién se trata?

—No tengo tiempo de hablar. Llego tarde.

—Tienes que tener cuidado con quién sales, Charlotte —le advirtió Stacey—. Hay hombres realmente
canallas. No quiero que te metas en líos.

Charlotte puso los ojos en blanco.

—Tranquila, sé lo que hago —le aseguró poniéndose los zapatos de tacón y sintiendo que un mi-
llón de mariposas le revoloteaban en el estómago.

Stacey la siguió fuera de la habitación.

–No aceptes ninguna bebida a menos que te la hayan servido delante de ti. Podrían meterte drogas.

–¿Por qué me dices eso? –dijo Charlotte girándose hacia ella–. ¿Para que no me convierta en una drogadicta como tú?

Se hizo un penoso silencio entre las hermanas.

Stacey se giró y Charlotte se sintió terriblemente culpable.

–Lo siento...

–No, tienes razón –dijo Stacey girándose de nuevo hacia ella–. Soy una drogadicta. Me gustaría no serlo. He intentado dejarlo muchas veces, pero me resulta muy difícil...

–¿Estás dispuesta a ingresar en la clínica de la que te hablé? Tengo dinero para pagártela.

Stacey no contestó, así que Charlotte decidió presionarla un poco.

–Hablé con el hombre al que le robaste la cartera.

–Menudo arrogante. ¿Cómo te encontró?

–Eso da igual, lo importante es que me dijo que te iba a denunciar.

–¿Y a mí qué? Que se atreva.

–Stacey, si tuvieras que pasar seis semanas, seis meses o, Dios no lo quiera, seis años en la cárcel, no vivirías para contarlo y lo sabes perfectamente. Mira lo que le pasó a papá. Quiero que te vayas de la ciudad cuanto antes. Tuviste suerte de que la policía no te encontrara anoche. La clínica de la que te hablo está en una zona remota de las Blue Mountains. Nadie te buscará allí.

Stacey suspiró resignada.

–Supongo que no tengo alternativa.

–No, no la tienes a menos que estés dispuesta a afrontar las consecuencias de lo que hiciste. Si ingresas en la clínica, podrás olvidarte de este desagradable incidente y, dentro de un mes, serás una mujer nueva.

–Está bien...

Charlotte sintió que el corazón le daba un vuelco de felicidad.

–¿De verdad?

–Sí, quiero dejarlo –contestó Stacey mirándose los brazos–. Me estoy quedando sin venas.

Charlotte la estrechó entre sus brazos con fuerza y la besó en la frente.

–Qué orgullosa estoy de ti, Stacey. Podrás con ello. Si quieres, dejarás la heroína. No tendrás que hacerlo sola. Yo estaré a tu lado durante todo el proceso.

Stacey intentó sonreír.

–No sé cómo has podido aguantarme tanto tiempo.

–Estoy dispuesta a hacer lo que haga falta para ayudarte, Stacey, ¿entiendes? –contestó Charlotte tomando a su hermana de las manos–. Lo que sea.

Stacey asintió con lágrimas en los ojos.

–Gracias –le dijo sinceramente.

–Anda, come algo y quédate viendo la tele tranquilamente. Puedes dormir en la cama de Emily porque está durmiendo en casa de Caroline y Ja-

nie. Así, podrás irte a la clínica mañana a primera
hora.

–Gracias. Espero que te lo pases bien en tu cita
–contestó mientras Charlotte iba hacia la puerta–.
No dejes que ese hombre te bese, ¿de acuerdo? No
quiero que te conviertas en una fresca –bromeó.

–Entendido –sonrió Charlotte mientras cerraba
la puerta.

El bar del hotel estaba lleno de gente, pero Charlotte sintió la mirada de Damon como un imán en
cuanto entró. Estaba de pie con una copa en la mano
y su habitual mirada inescrutable.

Charlotte sintió que le revoloteaban mariposas
en el estómago. Estaba realmente nerviosa. Pasándose la lengua por los labios, se acercó a él.

–¿Quieres beber algo? –le preguntó Damon mirándola con deseo.

Charlotte elevó el mentón en actitud desafiante.

–Para empezar, me gustaría que me saludaras
como si fuera una cita normal. Tengo nombre.

Damon la miró a los ojos, dejó la copa sobre la
barra, la agarró de los brazos, la apretó contra su
cuerpo y le plantó un beso apasionado en la boca.

–*Kalispera*, Charlotte –le dijo.

Cuando la soltó, Charlotte dio un paso atrás.

–¡No me refería a esto!

Damon enarcó las cejas.

–¿Hubieras preferido también alguna caricia?

Charlotte apretó los dientes y bajó la voz para que no los oyeran las personas cercanas.

–Lo que yo preferiría es no estar aquí. Desde luego, tener que soportar que me manosees en público es humillante.

–Ten cuidado, Charlotte –le advirtió Damon mirándola a los ojos–. No me gustaría estropear la velada teniendo que llamar a la policía. Por cierto, ¿dónde está tu hermana?

–No lo sé –mintió Charlotte–. No la he visto.

–Pues cuando la veas, dile que esta mañana le ha dejado una bonita pista a la poli al intentar utilizar una de mis tarjetas de crédito. Cuando me robó la cartera, anulé todas las tarjetas, por supuesto, pero se me ocurrió dejar una con un poco de dinero. Quería ver si mordía el anzuelo y, al igual que tú hace cuatro años, lo hizo.

Charlotte se preguntó cuándo terminaría aquella tortura.

–Claro que estoy dispuesto a no tener en cuenta la metedura de pata de tu hermana si tú te comportas como es debido.

–Te pido perdón por el comportamiento de mi hermana –se disculpó Charlotte–. Tiene... problemas emocionales. Estoy intentando ayudarla.

–¿Qué le pasa?

–Está deprimida –contestó Charlotte mirando en dirección al suelo–. Mi madre murió hace tres años y la echa mucho de menos.

Damon le hizo una señal al camarero. No quería

que aquella mujer se le metiera en el corazón. Seguro que todo lo que le contaba no eran más que mentiras. Cuando su hermana le había hecho la proposición sexual que le había hecho, no le había parecido deprimida en absoluto. Más bien, todo lo contrario.

–¿Qué quieres beber? –le volvió a preguntar a Charlotte cuando se acercó el camarero.

–Una tónica –contestó Charlotte sin mirarlo.

–¿Nada más?

–No.

–Así que quieres tener la mente lúcida para llevar buena cuenta de tus mentiras y no meter la pata, ¿eh?

–No... Lo que pasa es que no quiero beber porque tengo que conducir.

–Deberías haber venido en taxi.

–No tengo dinero para eso.

–Pero si te he dado una suma de dinero más que considerable. No te lo habrás gastado todo ya, ¿no?

«No, me lo gastaré cuando vuelva a casa en pagar la clínica de mi hermana», pensó Charlotte.

Era un tremendo alivio pensar que Stacey se iba a recuperar por fin. La idea hacía que a Charlotte le pareciera que la agonía por la que Damon la estaba haciendo pasar merecía la pena. Por fin, vería a su hermana capaz de desarrollar todo su potencial. Stacey había sido una estudiante prometedora en la universidad. Siempre sacaba las mejores notas en las asignaturas de ciencias, pero aquello se había ido al garete cuando había probado la heroína.

–No –contestó–. Por cierto, ¿por qué tienes una cuenta en un banco australiano?

–Porque tengo intereses económicos en este país –contestó Damon–. Este viaje no será el último que haga porque tengo negocios aquí.

Charlotte estuvo a punto de atragantarse con la tónica.

–¿Aquí?

–Sí. Además de mi empresa de inversiones de Atenas y de ayudar a mi madre con la Fundación Eleni y con la galería de Oia, tengo una participación en una empresa australiana.

–¿Qué tipo de empresa? ¿Una naviera? –preguntó Charlotte con sarcasmo.

–Demasiado típico, ¿no? –sonrió Damon.

–Yo creía que todos los millonarios griegos tenían algo que ver, de una manera o de otra, con los barcos.

–Es cierto que tengo un yate, como recordarás de tu estancia en Santorini, pero no, prefiero invertir mi dinero en otras cosas. De momento, le he comprado una isla en Queensland a un inversor privado y la voy a convertir en un complejo turístico de estilo griego –le explicó sonriendo encantado.

Charlotte desvió la mirada porque, cuando sonreía así, se ponía tan guapo que le hacía recordar cosas que prefería no recordar. Lo primero que le había llamado la atención hacía cuatro años de él había sido, precisamente, su sonrisa.

Aquella sonrisa le subía hasta los ojos y los hacía brillar con una luz especial, una luz cálida que la derretía por completo, la misma calidez que su hijita le había demostrado hacía menos de una hora y media cuando la había abrazado y la había colmado de besos.

–Estoy pensando que, cuando el hotel esté terminado, podríamos ir –comentó Damon de repente.

Charlotte lo miró anonadada.

–Pero... vamos a ver, este arreglo que tenemos es solo para un mes, ¿no?

–De momento, sí, pero... ¿qué me dirías si te propusiera que nos viéramos cada vez que viniera a Australia?

–Que te vayas al infierno.

Aquello hizo reír a Damon, que se terminó la copa de un trago.

–Entonces, tendré que encontrar la manera de hacerte cambiar de opinión.

–Hemos dicho que un mes y ya está.

–Muy bien. Pues vamos allá –sonrió Damon tomándola de la mano y obligándola a levantarse del taburete en el que se había sentado.

Charlotte no tuvo más remedio que seguirlo. Sintió que el pánico se apoderaba de ella. No podía hacerlo. No podía venderse.

Charlotte se preguntó cómo sería capaz Stacey de hacer aquello con desconocidos. Ella, por lo menos, había estado enamorada de aquel hombre. Claro que, aun así, todo aquello no le parecía bien. Sobre todo, porque Damon no sabía que tenían una hija.

A Charlotte se le ocurrió de repente que, a lo mejor, sería una buena opción contárselo. Así, tal vez, se lo pensaría dos veces antes de querer acostarse con ella. Sin embargo, no lo hizo porque sabía que Damon le quitaría a Emily. Estaba segura de ello.

Cuando llegó el ascensor, Damon la empujó dentro.

–No... No quiero hacer esto –dijo Charlotte intentando escapar–. Es demasiado pronto.

–De eso, nada –contestó Damon–. Deberíamos haberlo hecho ayer en la limusina. Me he pasado toda la noche y todo el día pensando en ti y apenas he podido pegar ojo, así que ha llegado la hora.

Sus palabras hicieron que el cuerpo de Charlotte respondiera de manera erótica. Charlotte estaba perdiendo el control. Al instante, sintió su propio néctar entre las piernas y los pechos ganando volumen contra el sujetador de encaje.

La puerta del ascensor se abrió al llegar a su destino y Damon la guio hasta la puerta de su habitación, puerta que cerró bien cerrada una vez dentro.

–Por favor, Damon... dame tiempo... no he vuelto a acostarme con nadie desde... bueno, desde hace mucho... ni siquiera sé si voy a poder...

A Damon le entraron ganas de estallar en una sonora carcajada. No era la primera vez que Charlotte se hacía la estrecha para engañarlo. Su inocencia virginal, aquella inocencia que había fingido cuatro años atrás lo había engañado por completo en aquel entonces, pero ahora no lo iba a volver a engañar con la misma artimaña.

–Ya irás recordando sobre la marcha lo que necesites –contestó–. Recuerdo que aprendías deprisa.

–Por favor –imploró Charlotte con lágrimas en los ojos–. Por favor, permite que esta noche solamente hablemos... quiero volver a conocerte antes de hacer nada más...

Damon apretó los labios. Se sentía atormentado. Por una parte, la deseaba y, por otra, estaba empezando a sentir algo que no quería sentir. Charlotte era tan guapa, tenía una piel tan suave, un pelo tan maravilloso, unos ojos tan luminosos y un cuerpo tan tentador que a Damon se le hacía muy difícil resistirse a ella. Era cierto que había cambiado. Había perdido el brillo de potrilla salvaje que le había conocido en Grecia, pero ahora su cuerpo era más maduro y más femenino, sus pechos eran más voluminosos y sus curvas más seductoras.

Damon se dio cuenta de que se había excitado tanto que la erección que estaba experimentando amenazaba con salirse del pantalón.

–Eres muy convincente, pero no me vas a engañar. Estás intentando ganar tiempo. ¿Qué te propones esta vez? ¿Qué pretendes robarme ahora?

–Nada... yo nunca te he robado nada...

Obviamente, Damon no la creía.

–Está bien –accedió sin embargo–. Lo vamos a hacer como tú quieras, pero te advierto que solo porque quiero ver qué te traes entre manos.

–Gracias –contestó Charlotte.

Damon se extrañó al verla tan aliviada. Lo cierto

era que no le hacía ninguna gracia ver que se ponía tan mal ante la posibilidad de que la tocara.

–Lo siento –sollozó Charlotte sonándose la nariz–. Soy consciente de que no es esto lo que has contratado.

–No, desde luego que no, pero, tarde o temprano, ambos tendremos lo que queremos –contestó Damon con una confianza arrogante.

Charlotte se quedó mirándolo mientras Damon cruzaba la habitación en busca de la carta del servicio de habitaciones. Le costaba creer que le hubiera concedido tiempo. ¿Hasta cuándo? Seguramente, no conseguiría más de una o dos noches.

–¿Qué quieres cenar? –le preguntó entregándole una carta.

–No sé... –contestó Charlotte–. Elige tú, no tengo mucha hambre.

–¿Te sigue gustando el marisco? –le preguntó Damon acercándose al teléfono.

–Sí, me encanta –contestó Charlotte.

Era increíble que recordara ese detalle, lo que llevó a Charlotte a preguntarse qué más recordaría de ella.

–¿Quieres una copa de vino? –le preguntó Damon después de hablar con el servicio de habitaciones–. Por una copa de vino no pasa nada, puedes conducir.

–No, agua o tónica, por favor –insistió Charlotte–. Mañana tengo que madrugar porque Julian sigue en el hospital.

–¿Qué tal está?

–Bien. He hablado con su esposa esta tarde. Le han hecho una angioplastia que ha salido bien, pero tiene que estar en reposo absoluto durante un par de semanas.

–Me habló muy bien de ti –comentó Damon sirviéndose una copa de vino tinto–. Durante estos meses que hemos estado en contacto, siempre se ha mostrado muy orgulloso de ti.

Charlotte decidió que el silencio era su mejor armadura.

–Lo cierto es que me costaba creer que estuviéramos hablando de la misma persona.

–Ya te dije ayer que no había cambiado, que siempre he sido de verdad, Damon. Yo no robé las esculturas de la colección de tu madre.

–Eso dices tú, pero lo cierto es que eras la única que tenía acceso a ellas. Mi madre te había dejado a cargo de la galería, confiaba en ti plenamente y tú la traicionaste.

–No sé cómo demonios terminó aquella escultura en mi bolso. Juro por Dios que yo no la puse allí. En cuanto a las demás cosas que aparecieron en la habitación del hotel... tampoco fui yo.

–Te olvidas de las cámaras de seguridad que hay en la galería. En la grabación se ve perfectamente que te metes algo en el bolso.

Charlotte suspiró frustrada. Ya habían hablado de todo aquello en el momento. ¿Por qué no la creía?

–¡Estaba guardando mi móvil! Había recibido un

mensaje de texto de mi madre y lo estaba leyendo cuando entró una clienta en la galería, así que tuve que esperar para volver a meter el teléfono en el bolso. Eso es lo que se ve en las cámaras. ¿Por qué no investigasteis a la clienta? A lo mejor fue ella.

–Por supuesto que investigué a la clienta. Para que lo sepas, era escocesa, una mujer que tiene cinco nietos y va todos los domingos a misa. Evidentemente, ella no robó la escultura, Charlotte.

Charlotte sintió que los hombros se le desplomaban como si llevara un gran peso a la espalda. No había manera de demostrar su inocencia y le dolía inconmensurablemente que Damon la creyera capaz de una traición así.

Trabajar en la galería de su madre le había parecido todo un privilegio del que había disfrutado enormemente. Tener la oportunidad de estar en contacto todos los días con la colección de arte antiguo que el padre de Damon había reunido a lo largo de toda su vida la había ayudado a terminar su tesis. La idea de robar una pieza de aquella sorprendente colección iba en contra de sus principios.

No tenía ni idea de cómo habían terminado aquellas esculturas en su bolso y en su maleta. No tenía enemigos en Santorini. Ni siquiera los dos jovencitos que le habían hecho la vida imposible. No, no los creía capaces de meterla en semejante lío.

–No me importa lo que creas de mí, Damon. Yo tengo la conciencia tranquila porque nunca traicioné la confianza que tu madre depositó en mí. Jamás os traicioné a ninguno de los dos. Fui a Grecia a terminar mi trabajo de investigación para la carrera. Cuando te conocí en aquel restaurante de Imerovigli, no tenía ni idea de quién eras. Al principio, creí que eras uno de los arqueólogos que trabajaban en las excavaciones de Akrotiri.

–Claro. Por eso decidiste encandilarme, ¿verdad? Tenías muy claro desde el principio cuál era tu misión. Tenías un objetivo en mente y estabas decidida a que nada te impidiera conseguirlo. En realidad, lo que te proponías era ir sustrayendo piezas de gran valor para venderlas en el mercado negro. Lo único que necesitabas era ganarte la confianza de mi familia.

–Es evidente que no voy a poder hacer que cambies de opinión en cuanto a mí. Sé que crees que soy culpable. Lo único de lo que soy culpable es de confiar demasiado en ti. Yo creía que teníamos una relación sólida y estable. Aunque hacía poco tiempo que nos habíamos conocido, estaba convencida de que seríamos capaces de aguantar viento y marea juntos. Me equivoqué.

Damon la miró con disgusto.

–No estabas enamorada de mí. Fingiste estarlo, pero nada más.

Charlotte lo miró desesperada.

–Me odias...

–¿Qué esperas que sienta por ti? –dijo Damon mirándola a los ojos–. ¿Amor?

–No... Claro que no... Pero odiarme por algo que no hice es injusto.

–Para que lo sepas, estuve a punto de enamorarme de ti. Estuve tan cerca que incluso me planteé ir en contra de la tradición familiar, que marca que nos casemos con gente de la comunidad griega, y proponerte matrimonio. Por suerte, justo a tiempo me quedó claro cómo eras.

Charlotte sabía que su familia esperaba que Damon se casara con una mujer griega aunque también era cierto que su madre, Alexandrine, estaba encantada de que estuvieran juntos. Aquella mujer era partidaria de que los hombres se corrieran todas las juergas que quisieran durante sus años de juventud para, luego, sentar la cabeza y casarse. Aquel había sido el caso de su marido y padre de sus hijos. Nicolás era varios años mayor que ella, y había hecho lo que le había dado la gana durante mucho tiempo hasta que la había conocido a ella y se había convertido en un marido y un padre ejemplar.

La hermana de Damon, Eleni, se había mostrado menos entusiasta con la relación que mantenía su hermano mayor con Charlotte, pero siempre se había mostrado simpática y educada. Charlotte se había dado cuenta de que Eleni estaba acostumbrada a que su hermano le prestara mucha atención porque, desde que su padre había muerto cuando eran adolescentes, Damon se había convertido en su figura de referencia. Se adoraban mutuamente y Damon le prestaba toda la atención que podía.

Evidentemente, desde que había comenzado a salir con Charlotte, su hermana había pasado a un segundo plano en su vida, pero Eleni siempre se había mostrado como una joven cariñosa que adoraba a su hermano.

Le costaba creer que hubiera muerto.

Cuando Charlotte se había enterado de que Damon había creado la Fundación Eleni en su memoria, se había sorprendido sobremanera. Recordaba a Eleni Latousakis como a una joven vibrante y llena de vida. Se le hacía muy difícil imaginarla muerta.

Le rompía el corazón comprobar que Damon había estado a punto de enamorarse de ella y de pedirle matrimonio y que aquello no había ocurrido porque, al final, lo que había hecho había sido acusarla de robo. No le había dado ocasión de defender su inocencia porque le había dicho que o se iba de la isla o la denunciaría a la policía. Ni siquiera la había escuchado cuando Charlotte le había dicho que creía que podía estar embarazada. Damon había dicho que era imposible y que, si lo estaba, el niño no era suyo y Charlotte, aterrorizada viéndolo así, había decidido irse cuanto antes a Atenas y, de allí, a Sídney, donde el curso de su vida había cambiado drásticamente un mes después al enterarse de que, efectivamente, se había llevado una parte de Damon con ella.

Capítulo 5

EL SERVICIO de habitaciones no tardó en subir la cena y, al verla, tan apetitosa, Charlotte recuperó el hambre.

–Has mencionado hace un rato que tu madre murió hace tres años –comentó Damon mientras comían–. ¿Fue de repente?

–Sí y no –contestó Charlotte–. Estuvo enferma unos cuantos meses, pero su muerte nos pilló por sorpresa. Supongo que la muerte siempre es repentina... por cierto, siento mucho lo de Eleni. Supongo que sería duro para tu madre y para ti.

Damon la miró con tristeza.

–Sí. Me cuesta creer que haya muerto.

–¿Qué le ocurrió?

–Empezó a encontrarse muy cansada y así estuvo varios meses. Le hicieron análisis de sangre, pero no tenía nada mal. Fue a Atenas a que le hicieran unas radiografías y descubrieron que tenía un linfoma. Murió a los nueve meses. Se suponía que la quimioterapia, tan agresiva, le iba a prolongar la vida, pero al final, lo que le desencadenó fue una neumonía.

Charlotte supuso que su madre habría quedado destrozada. Ahora que ella era madre, entendía la profundidad del amor materno. Al fin y al cabo, esa era la razón precisamente por la que estaba allí sentada frente a aquel hombre, el padre de su hija, para proteger a Emily, le costara lo que le costara, incluso el respeto hacia sí misma.

–Lo siento mucho –insistió–. Era una chica maravillosa.

–Ahora, mi madre está deseando que me case y tenga hijos –comentó Damon pasándole la ensalada–. De momento, he conseguido librarme.

Charlotte comenzó a servirse con manos temblorosas.

–¿No crees que haya llegado el momento de casarte?

–Solo tengo treinta y dos años, así que tengo tiempo de sobra para pasármelo bien un poco más.

–Típico de los hombres... –murmuró Charlotte.

–¿Y tú? Tienes ya casi veintiséis años, ¿no? ¿Todavía no has encontrado un marido rico?

–No me interesa encontrar un marido rico. La verdad es que no me interesa ningún tipo de marido.

–Entonces, tú también prefieres pasártelo bien un poco más...

–No, a mí las relaciones cortas que se llevan tanto hoy en día no me gustan nada.

Damon sonrió con cinismo.

–Aun así, has accedido a mantener esta relación conmigo, ¿no?

–Porque no me has dejado otra opción –contestó Charlotte con amargura–. ¿De verdad crees que estaría aquí contigo ahora si hubiera tenido otra alternativa?

–Por supuesto que tenías otra alternativa. Si no hubieras querido estar conmigo, habrías podido devolverme el cheque y dejar que la policía se hiciera cargo de tu hermana. Todavía estás a tiempo.

Charlotte apretó las mandíbulas. Imaginarse a Stacey inyectándose heroína hizo que se mordiera la lengua.

–¿No tienes nada que decir?

–Tengo muchas cosas que decir, pero no puedo decirlas porque me he comprometido contigo a ser una compañía agradable y educada –se indignó Charlotte–. Pero ¿sabes lo que te digo? ¡Ya estoy harta de que me insultes cuando te dé la gana! ¡Me quiero ir! –añadió poniéndose en pie y dejando la servilleta sobre la mesa.

–Te irás cuando te dé permiso para hacerlo –aulló Damon poniéndose también en pie.

–Así que, además de a hacerme chantaje, estás dispuesto a secuestrarme.

–Sí, y también a amordazarte si es necesario –contestó Damon yendo hacia ella.

Charlotte intentó apartarse.

–No puedes retenerme en contra de mi voluntad –protestó Charlotte retrocediendo.

–No sería en contra de tu voluntad, te lo aseguro. Ya verás, te lo vas a pasar tan bien que vas a querer quedarte.

–Me has prometido que no haríamos nada esta noche. Me has dado tu palabra –se asustó Charlotte.

–Te he podido mentir. Todos mentimos de vez en cuando, ¿no? –sonrió Damon.

Charlotte sintió que se golpeaba las corvas contra la cama y el pánico se apoderó de ella.

–No puedo, Damon. No estoy tomando la píldora.

–No te preocupes por eso, tengo preservativos y, además, no tenemos por qué llegar a la penetración, hay muchas otras maneras de divertirse –sugirió acercándose a ella.

A continuación, la tomó de la mano y se la puso sobre su erección sin dejar de mirarla a los ojos.

–Esto te encantaba... ¿te acuerdas?

Charlotte sentía el pulso de su miembro entre los dedos. Se le aceleró el corazón. Tenía que salir de allí antes de caer en la tentación. ¿Por qué se le pasaba por la cabeza acceder a acostarse con él cuando era obvio que Damon la odiaba con vehemencia?

–No puedo... no puedo... –sollozó–. No puedo...

Los sollozos se convirtieron en lágrimas y Damon no pudo soportar verla así, lo que lo llevó a estrecharla entre sus brazos y a consolarla.

–Tranquila, tranquila...

Damon tenía la impresión de que había algo

que no había comprendido, algo que se le escapaba, pero no sabía qué era y no sabía cómo tratar a Charlotte en aquel estado. A lo mejor, el haber vuelto a verlo la había hecho recordar cómo se había portado con él y se encontraba mal por ello.

–Charlotte, tranquila. Nos hemos acostado muchas veces.

–Sí, pero no así –contestó Charlotte mirándolo a los ojos y mordiéndose el labio inferior–. ¿Por qué me odias tanto? –se lamentó.

–Charlotte... no te odio –confesó Damon–. Lo que pasa es que te deseo. No puedo dejar de pensar en ti y mira que lo he intentado. Me tienes por un salvaje por obligarte a hacer cosas que no quieres, pero te aseguro que estaba dispuesto a hacer lo que hiciera falta para volver a tenerte entre mis brazos. Sin embargo, veo que no estás preparada, así que te doy un par de días más para prepararte –le dijo mirándola a los ojos.

–Entonces... no tengo que...

–No, esta noche no.

Charlotte se pasó la lengua por los labios. Lo cierto era que se encontraba entre decepcionada y aliviada. No podía entender su propia reacción. Era como si siguiera enamorada de él, pero Damon había terminado con sus sentimientos al tratarla con crueldad en Grecia.

–No sé qué decir... –contestó retorciéndose los dedos.

–De momento, lo único que quiero que digas es que accedes a comer conmigo mañana.

–No sé...

–Venga, Charlotte, de momento solo es a comer.

De momento.

Comer con él era mucho más fácil que quedar a cenar porque a la hora de comer Emily estaba en la guardería y no tendría que recurrir a Caroline.

–Está bien –accedió por fin.

–¿Te parece bien que quedemos a la una en las escaleras del museo?

–Sí... –contestó Charlotte tragando saliva–. Damon... no vas a retirarte como patrocinador de la exposición, ¿verdad? –aventuró nerviosa.

–No lo sé... todavía no me he decidido. Depende de muchas cosas.

–¿Como qué?

–Como de mi opinión de ti –contestó Damon–. Hicieras lo que hicieras en el pasado, me parece razonable pensar que no estarías ocupando un puesto de tanta responsabilidad como ocupas actualmente si no hubieras demostrado que eras digna de confianza.

Charlotte lo miró esperanzada.

–Entonces, ¿me crees por fin cuando te digo que jamás robé nada de la galería de tu madre?

Damon se quedó mirándola pensativo.

–Ya te he dicho que todavía no sé qué creer.

No era la contestación que Charlotte esperaba, pero, de momento, iba a tener que conformarse con ella.

De repente, Damon entrelazó sus dedos con los de Charlotte y se quedó mirándola a los ojos.

–Sigues teniendo la boca más bonita del mundo. No te puedes ni imaginar cuántas veces he pensado en tu boca en estos años –le dijo en voz baja.

–¿De verdad?

–Sí –murmuró Damon.

Sus labios se encontraron brevemente en un beso suave y ligero como una pluma, pero fue suficiente para que Charlotte sintiera que el fuego se apoderaba de ella.

–Te acompaño al coche –dijo Damon apartándose.

–No hace falta –contestó Charlotte.

Llevaba la sillita de Emily en el asiento trasero y prefería que Damon no la viera, así que insistió hasta que Damon se conformó con acompañarla hasta la puerta.

–Stacey, ya estoy en casa –dijo al llegar al cabo de un rato.

Nada.

El pánico se apoderó de ella al no obtener respuesta. Tras buscarla por toda la casa, encontró una nota que su hermana le había dejado sobre el ordenador portátil.

Lo siento mucho, Charlie. Me vas a odiar, pero no estoy preparada. Perdóname. Stacey.

Charlotte tomó la nota y la hizo una bola para tirarla a la papelera. Al hacerlo, el protector de pantalla desapareció y Charlotte comprobó horrorizada que lo que se veía eran sus cuentas bancarias.

–Dios mío, Stacey, ¿cómo me has podido hacer esto? –gritó desesperada.

Capítulo 6

DAMON la estaba esperando a la salida del museo al día siguiente a la una en punto y, al verlo, Charlotte sintió que le daba un vuelco el corazón, pues estaba guapísimo.

—Hola —la saludó muy sonriente.

—Hola —contestó Charlotte sonriendo tímidamente.

Damon se quedó mirándola y Charlotte se puso nerviosa.

—¿Nos vamos? Tengo solo una hora para comer...

—Sí, claro —contestó Damon—. Hace frío —comentó mientras caminaban hacia el restaurante—. Por lo visto, va a nevar esta noche en las montañas.

En las montañas estaba la clínica de desintoxicación que Charlotte le había buscado a su hermana. No se quería ni imaginar a Stacey metiéndose en vena el dinero que ella había obtenido de Damon.

Aunque no quería tirar la toalla, después de haberse pasado toda la noche en blanco, Charlotte temía que su hermana estuviera llegando al punto de no retorno que había alcanzado su padre.

El restaurante estaba lleno, pero el maître los acompañó a una mesa tranquila. Charlotte examinó la carta con la esperanza de que se le abriera el apetito, pero cada vez que miraba cuánto costaba cada plato, recordaba que tenía la cuenta bancaria a cero y le entraban ganas de ponerse a llorar.

–Pareces preocupada por algo. ¿Qué te pasa? –le dijo Damon.

–Nada –se apresuró a contestar Charlotte.

–No me engañes... a ti te pasa algo... si es porque hemos quedado a comer, no te preocupes. Te dije ayer que solo era quedar a comer y te aseguro que así va a ser. Por favor, no quiero que te sientas incómoda. De hecho, si eso te hace sentirte mejor, te dejo que pagues tu parte de la comida.

–¡No! Quiero decir... no es eso...

–Entonces, ¿qué es?

–No... Es que todo esto me resulta bastante difícil...

–¿Te refieres a ti y a mí?

–Sí, hace casi cuatro años que no nos vemos y lo cierto es que no sé de qué hablarte...

–Háblame de tu vida, por ejemplo.

–¿De mi vida?

–Sí, supongo que tienes vida, ¿no? –insistió Damon con ironía.

–Sí, pero seguro que es muy aburrida comparada con la tuya –contestó Charlotte.

–¿Y no tienes novio?

–Si lo hubiera tenido, no habría accedido a salir contigo –le espetó Charlotte.

–Te parezco un bastardo arrogante, ¿verdad?

–Sí –contestó Charlotte sinceramente.

–No dejo de sorprenderme porque, al verte, todo me ha vuelto a la cabeza.

–¿A qué te refieres?

–A que nadie me ha hecho sentir jamás lo que tú me haces sentir –sonrió Damon.

–Lo dices por decir.

Damon alargó el brazo y le tomó la mano.

–No, Charlotte, lo digo muy en serio. Te deseo tanto como tú me deseas a mí. Lo veo en tus ojos cada vez que me miras. Veo que hay un hambre que nadie ha podido satisfacer como yo lo hice.

Charlotte apartó la mano.

–Tú lo que hiciste, Damon, fue romperme el corazón y no pienso volver a ponértelo en bandeja.

–Charlotte, sabes perfectamente que no tenía alternativa. Era evidente que eras responsable del robo. Todas las pruebas te señalaban a ti.

–Claro que tenías alternativa. Podrías haber creído en mi inocencia –contestó Charlotte mirándolo con tristeza–. Pero no, elegiste no confiar en mí.

Damon suspiró.

–Te aseguro que la idea de haberme equivocado me ha perseguido durante estos últimos cuatro años pero, siempre que lo pienso, llego a la misma conclusión. Si no fuiste tú, ¿quién fue?

–No lo sé, obviamente alguien a quien no le hacía gracia que tú y yo estuviéramos juntos. ¿Qué me dices de esa chica con la que se suponía que te tenías que casar?

—¿Iona Patonis?

—Sí, vino unas cuantas veces a la galería en compañía de tu hermana. Siempre pensé que era una chica con carácter, capaz de hacer cualquier cosa.

—Iona jamás haría una cosa así. Es una de las personas más maravillosas que conozco. Estuvo cuidando a mi hermana durante meses y ha sido un apoyo vital para mi madre desde que Eleni murió.

—¿Y por qué no te has casado con ella? Evidentemente, ella se quería casar contigo.

—Buena pregunta.

—¿La vas a contestar? —le preguntó Charlotte tras un breve silencio.

—Iona se casó con un primo mío hace algún tiempo y está esperando su primer hijo —contestó Damon.

—Ah... —se sorprendió Charlotte—. ¿Y qué tal lo llevaste?

Damon se encogió de hombros.

—Entre Iona y yo había una relación muy buena, pero éramos como hermanos, no había chispa, ya sabes a lo que me refiero.

Charlotte lo sabía perfectamente y no quería pensar en ello, así que intentó concentrarse en la carta.

—¿Qué vas a pedir? —le preguntó Damon.

—La sopa del día.

—¿Solo eso?

–Sí, no tengo mucha hambre y, además, cuando vuelva a casa, tengo que preparar la cena para... –contestó Charlotte interrumpiéndose de repente.

–¿Para?

Charlotte no contestó.

–¿Por qué tienes que cocinar? Puedes comer fuerte ahora y, cuando vuelvas a casa, en lugar de ponerte a cocinar, picas algo y ya está.

–Es que me gusta cocinar.

–¿Ah, sí? ¿Cuál es tu plato favorito?

–Eh... bueno, no tengo uno en concreto, me gustan muchos...

–Vaya, cómo has cambiado –se sorprendió Damon–. Cuando nos conocimos, te alimentabas a base de comida para llevar y productos congelados.

–Sí, pero me he dado cuenta de la importancia de la alimentación –contestó Charlotte–. Ahora me encanta cocinar.

–Entonces, me tienes que invitar a cenar.

Charlotte sintió que el pánico se apoderaba de ella.

–Bueno, no cocino tan bien como para invitar a nadie... la verdad es que solo sé hacer unas cuantas cosas...

–Seguro que tu comida es mejor que la del hotel, así que ¿qué te parece si voy a cenar a tu casa mañana por la noche?

–No, mañana no puedo.

–¿Y pasado mañana?

–No... No cocino los fines de semana.

–Entonces, cocinaré yo, compraré los ingredientes necesarios y nos veremos en tu casa. Ya verás, te voy a preparar una cena que te vas a quedar con la boca abierta.

–No, mi cocina es muy pequeña y el horno no funciona bien.

–No quieres que vaya a tu casa, ¿no?

–No es eso, pero es que llevo semanas sin tener tiempo para hacer limpieza y...

–Si lo que quieres es echarme atrás con tanta excusa, estás consiguiendo completamente lo contrario.

Charlotte sintió pánico. Por supuesto, podía pedirle a Caroline que se quedara con Emily de nuevo, pero toda la casa estaba llena de cosas de la niña. Incluso olía a ella.

–No sé si es muy buena idea que nos volvamos a ver –declaró desviando la mirada.

–Te olvidas de que tenemos un acuerdo –le espetó Damon con frialdad–. Te he pagado por tu compañía y tengo derecho a exigirla.

Charlotte decidió actuar a la desesperada.

–Vas a estar muy poco tiempo en Australia y... y hay otra persona en mi vida.

–Hace un rato has dicho que no había nadie en tu vida en estos momentos.

–Te he mentido.

–Vaya, qué raro –observó Damon.

–No quiero complicarme la vida con cosas del

pasado. Lo que hubo entre nosotros quedó atrás hace mucho tiempo.

–No, de eso nada, Charlotte –dijo Damon agarrándola de la mano con fuerza–. Lo nuestro no ha terminado. ¿Cómo puedes decir eso cuando es evidente que la atracción entre nosotros es brutal?

–¿Y qué? Debemos ponerle fin. Me tienes por una ladrona.

–Eso fue hace cuatro años. En ese sentido tienes razón, es mejor olvidarnos del pasado. Lo importante es centrarnos en el aquí y en el ahora –contestó Damon mirándola a los ojos con intensidad–. La vida nos brinda otra oportunidad para explorar la atracción que sentimos el uno por el otro. No debemos desaprovecharla.

–No me pidas una cosa así, por favor, Damon –se revolvió Charlotte.

–¿Estás enamorada de esa otra persona?

–No es ese tipo de amor...

–¿Qué tipo de amor es?

–Es difícil de explicar.

–Seguro que entiende que quedemos de vez en cuando, le puedes decir que has quedado con un amigo de hace tiempo.

La tentación era enorme.

–Supongo que por quedar una noche o dos no pasa nada –contestó Charlotte.

¿De verdad había dicho aquello? ¿Se había vuelto loca o qué? Estaba jugando con fuego.

–Cuando nos conocimos, nos embarcamos en

una relación puramente física. Supongo que la culpa fue mía porque, en cuanto te vi, te deseé. ¿Quién sabe? A lo mejor en esta ocasión conseguimos ser amigos además de amantes –recapacitó Damon.

–¿Amigos? –dijo Charlotte tragando saliva.

–¿Te cuesta imaginarme como amigo? –sonrió Damon–. ¿Qué te parece si quedamos el lunes por la noche? Podríamos salir a cenar y a bailar un rato. Mandaré un coche a buscarte.

–No.

–¿No?

–Quiero decir que prefiero ir yo en mi coche.

–Está bien. Entonces, quedamos en mi hotel a las siete.

–Muy bien...

–Por nosotros –brindó Damon alzando su copa de vino–. Para que consigamos ser amigos y amantes.

–Por nuestra amistad –contestó Charlotte bebiéndose el vino de un trago.

Capítulo 7

PERO qué dices? –se sobresaltó Caroline ante lo que le contaba Charlotte en el parque mientras sus hijas jugaban–. ¿Cómo te ha podido hacer eso tu propia hermana?

Charlotte suspiró y se encogió de hombros.

–Yo tampoco lo comprendo. Supongo que es el efecto de la droga. A mi padre le pasó lo mismo. La pruebas una sola vez y estás perdido.

–Si lo necesitas, te puedo prestar dinero.

–No, no te preocupes. Cobré ayer. Gracias de todas maneras.

–Tú siempre has creído que lo suyo tenía arreglo, ¿verdad? –se compadeció Caroline.

–Sí, Stacey es lo único que tengo en el mundo aparte de Emily.

–Ya, pero robar es un delito. ¿Y si, además de robarte a ti, va por ahí robándoles a otras personas para pagarse la droga?

–Ya lo ha hecho...

–¿Cómo?

–Sí, el otro día le robó la cartera a un hombre, pero no a un hombre cualquiera.

–Por cómo lo dices, cualquiera pensaría que se trataba de un famoso o algo así.

–Peor. Se trataba del padre de Emily.

–¿El padre de Emily? –se sobresaltó Caroline–. ¿No me habías dicho que vivía en Grecia?

–Así es, pero ha venido a pasar un mes a Australia. Resulta que es uno de los principales patrocinadores de la exposición que estoy organizando.

–Madre mía... ¿Le vas a hablar de la niña?

–Si me lo hubieras preguntado hace un par de días, te habría dicho rotundamente que no, pero ahora ya no estoy tan segura...

–¿Por qué?

–Antes estaba convencida de que no merecía saber que era padre porque me había tratado fatal, se negó a creerme cuando le dije que creía que podía estar embarazada. Lo llamé varias veces cuando estuve segura, pero me colgó el teléfono. Intenté escribirle, pero me devolvieron las cartas sin abrir. Incluso le mandé un correo electrónico, pero supongo que lo borraría sin leerlo porque no obtuve respuesta. A pesar de todo eso, no puedo evitar pensar que, a lo mejor, tendría que haber insistido más.

–¿Crees que te va a ocasionar problemas?

–Es millonario. Le bastaría con levantar el dedo meñique para ocasionarme problemas. Podría tener el mejor equipo de abogados especializados en custodias antes de que a mí me diera tiempo de abrir la boca.

–Dios mío, esto es terrible.

–Pues ahí no queda la cosa. Es todavía peor.

–¿Cómo?

–Sí, está empeñado en salir conmigo.

–¿Pero qué dices? ¿Fue con él con el que saliste la otra noche?

–Sí, no me quedó más remedio. Me chantajeó. Sabía que había sido mi hermana la que le había robado la cartera y me amenazó con denunciarla si no accedía a salir con él.

–Tenías que habérmelo contado.

–Sí, pero estaba tan disgustada que pensé que lo mejor era mantener las cosas en calma, pero ahora...

–¿Qué pasa ahora?

–Damon quiere que salgamos como amigos.

–¿No te han dicho nunca que es imposible ser amiga de tu ex? Siempre queda el sexo.

–Ya lo sé. La verdad es que no le creo cuando dice que quiere que seamos solo amigos, pero de alguna manera me pareció que acceder a salir con él era ganar tiempo, una buena manera de ir entablando una confianza con él para ver si, así, me atrevo a hablarle de Emily. Él me sigue creyendo culpable de haber robado aquellas malditas piezas de la galería de su madre y, desde luego, que mi hermana le robara la cartera no me ayuda en absoluto a demostrar mi inocencia. Sin embargo, si le puedo demostrar que soy digna de su confianza, tal vez no se enfade demasiado cuando le diga que tiene una hija.

–Mucho vas a tener que trabajar para que semejante bomba no lo descentre.

–Lo sé...

–Bueno, si estuvo enamorado de ti, tal vez lo consigas.

–No sé qué siente por mí ahora mismo, pero lo que sí me ha dejado muy claro es que quiere retomar nuestra relación.

–¿Y tú? ¿Sigues sintiendo algo por él?

Charlotte miró a su amiga y suspiró.

–Después de lo de Santorini, estuve muchos meses odiándolo, sobre todo cuando no quiso ponerse en contacto conmigo, pero, cuando nació Emily... lo cierto es que no he dejado de pensar en él ni un solo día. Cada vez que miro a mi hija a los ojos, lo veo a él. He intentado engañarme durante mucho tiempo, pero creo que lo cierto es que nunca he dejado de amarlo.

–Entonces, tienes que conseguir que se vuelva a enamorar de ti y tienes que hacerlo rápido –le aconsejó Caroline–. De lo contrario, te arriesgas a perder no solo el corazón, sino también a tu hija.

–¿No puedo ir contigo, mamá? –le preguntó Emily a Charlotte cuando esta se disponía a irse de casa de Caroline el lunes por la noche para encontrarse con Damon–. Por favor, te prometo que me portaré bien.

–No, cariño, esta vez no puede ser –contestó Charlotte besando a su hija en la punta de la nariz.

–Pero te echo de menos.

–Ya lo sé, cariño, pero esta noche he quedado con una persona especial.

–¿Quién? ¿La tía Stacey? –quiso saber la niña mientras se chupaba el pulgar.

–No... se trata de una persona que conocí hace mucho tiempo.

–¿Mi papá?

¿Cómo demonios lo había sabido?

–Yo también quiero verlo. Janie ve a su papá todos los días y le compra regalos.

–Sí, pero eso es porque el papá de Janie vive aquí cerca. El tuyo vive muy lejos, en otro país.

–¿Y por qué no me manda regalos desde allí?

–Tu madre va a llegar tarde –intervino Caroline–. Venga, ¿a que te apetece darte un buen baño lleno de burbujas?

–¿Con cuántas burbujas? –sonrió la niña.

–Trillones de burbujas de todos los tamaños – contestó Caroline avanzando hacia el baño.

Emily la siguió encantada y Charlotte sonrió agradecida.

–Mañana recojo yo a las niñas de la guardería – le dijo a su amiga.

–Muy bien. Pásatelo bien y ponte el vestido más atrevido que tengas –sonrió Caroline guiñándole el ojo.

En cuanto Charlotte abrió la puerta de su casa, supo que su hermana estaba allí.

–Stacey, ven aquí inmediatamente –gritó dando un portazo–. Esta vez, la has hecho buena. Me tienes contenta.

Stacey salió del baño y Charlotte se asustó al ver su aspecto, pues estaba pálida y con muchas ojeras.

–Estoy metida en un buen lío –le dijo su hermana.

–Ya te digo –dijo Charlotte intentando mantenerse enfadada con ella–. ¿Cómo has podido hacerme una cosa así? ¿Cómo has podido hacerle eso a tu propia hermana después de lo que nos hizo papá? ¡Mamá quedó destrozada y ahora me estás haciendo tú a mí lo mismo! –se indignó.

–Me están buscando.

–¿La policía?

–No –contestó Stacey–. Les debo dinero a ciertas personas... mucho dinero. Les he devuelto lo que he podido. Por eso transferí tu dinero de tu cuenta a la mía. Lo siento, pero no tenía elección. Tengo miedo, Charlotte. Si no les pago, vendrán a por mí.

Charlotte tragó saliva.

–No tengo más dinero. Quiero ayudarte, pero no confío en ti. Podría ser que todo esto que me estás contando fuera otra trampa para sacarme más dinero para comprar más droga.

–No te voy a pedir más dinero –le aseguró Stacey–. Lo que necesito es pasar desapercibida unos cuantos días. Por favor, deja que me quede en tu casa. Por favor.

Charlotte suspiró. Era consciente de que se iba a

arrepentir de aquella decisión, pero ¿qué otra cosa podía hacer?

–Está bien, pero ya sabes cuáles son las normas. Nada de picos ni de hombres ni de cigarrillos en esta casa. ¿Entendido?

–Lo siento, Charlotte. Siento mucho lo de la clínica. De verdad que quería ingresar, pero el camello me estaba amenazando...

–No me interesan tus historias. No te voy a insistir para que ingreses en la clínica porque ya ni siquiera tengo dinero para pagártela.

–Prometo que volveré al programa de metadona.

–Me encantaría creerte, pero no tengo tiempo de escuchar tus promesas vacías. He quedado con un amigo a las siete y solo tengo un cuarto de hora para arreglarme.

–Lo siento –dijo su hermana sentándose en el sofá con aire derrotado.

Charlotte sintió que su enfado se evaporaba.

–Descansa. Ya hablaremos mañana por la mañana –le dijo con cariño–. Emily va a dormir en casa de Caroline. Puede que yo llegue tarde, así que no me esperes despierta.

–¿Vas a salir con el mismo tío del otro día?

–Sí, pero solo somos amigos.

–Eso es lo que dicen todos –sonrió Stacey.

Damon la estaba esperando en el hotel cuando Charlotte llegó, con prisas y las mejillas coloreadas, el pelo recogido y algo revuelto como si acababa de despertarse, un estilo que en otras mujeres hubiera parecido horrible pero que en ella resultaba increíblemente sexy.

–Perdón por llegar tarde –se disculpó.

–¿Quieres una copa para calmar los nervios? –le preguntó Damon.

–No estoy nerviosa.

Damon sonrió.

–Sí, sí lo estás.

Charlotte sonrió también mientras se sentaba en un taburete a su lado.

–Está bien, lo admito, estoy nerviosa.

–No tienes por qué estarlo, Charlotte –le aseguró Damon–. Hemos quedado para restablecer la amistad entre nosotros.

Charlotte lo miró con los ojos muy abiertos.

–¿De verdad crees que dos personas que han sido pareja pueden ser amigas? –le preguntó.

–¿Quién sabe? –contestó Damon mirándola a los ojos–. Yo venía más que dispuesto a intentarlo, pero te confieso que, cuando te he visto aparecer, lo primero que se me ha pasado por la cabeza ha sido subirte a mi habitación y...

–No sigas, por favor –lo interrumpió Charlotte poniéndole el dedo índice sobre los labios–. Esta situación ya me resulta suficientemente difícil sin que me tientes.

–¿Así que te sientes tentada? –le preguntó Damon besándole el dedo.

–Un poco...

–¿Solo un poco?

–Bueno, mucho –sonrió Charlotte.

Damon se metió el dedo en la boca y se lo chupó sin dejar de mirarla a los ojos. Charlotte sintió un profundo calor entre las piernas. Era imposible que fueran amigos. Era imposible porque se deseaban mutuamente.

–Damon...

–No –le dijo poniéndole también un dedo sobre los labios–. Escúchame. Lo que hubo entre nosotros no se va a borrar.

–Pero yo no puedo darte lo que tú quieres.

–Sí, sí que puedes –insistió Damon–. Puedes liberarme de este tormento. Siempre nos entendimos muy bien en la cama. Podríamos volver a entendernos. Sé que saldría bien.

–Damon, hay algo que deberías saber... –dijo Charlotte tomando aire.

–Sé todo lo que necesito saber, que me sigues deseando y que es imposible que seamos amigos, Charlotte. Hay demasiada pasión entre nosotros.

–Es imposible que haya futuro para nosotros si no dejamos bien cerrado el pasado.

–El pasado ya está cerrado. No quiero hablar de ello. Creí que eras culpable de un delito que tú sigues jurando que no cometiste y quiero creerte incapaz de mentir, pero confieso que todavía no lo tengo asimilado al cien por cien. En cualquier caso, creo que es mejor que dejemos ese tema a un lado y que nos concentremos en lo que hay entre nosotros.

Charlotte sintió una gran presión en el pecho. No le había hablado de la existencia de Emily. No quería engañarlo, pero lo estaba haciendo.

–La vida nos da otra oportunidad –insistió Damon–. Me equivoqué al cortar el contacto contigo por completo. Lo hice por enfado y orgullo. Debería haber escuchado tu explicación, pero me dejé arrastrar por el orgullo.

–Damon... no sé cómo decirte esto...

–No me digas que me odias porque no te creo –la interrumpió Damon.

–No, no te odio, pero...

–Sé que estás nerviosa ante la posibilidad de que retomemos nuestra relación, sé que lo pasaste muy mal y estoy dispuesto a no meterte prisa.

Charlotte sonrió a pesar de la angustia.

–Perdón, señor Latousakis –los interrumpió un empleado del hotel–. La cena que pidió está lista.

–¿Vamos a cenar en el hotel? –se sorprendió Charlotte.

–Sí, en mi habitación –contestó Damon–. Quería estar a solas contigo.

Charlotte lo siguió nerviosa hasta el ascensor. Ella creía que iban a salir a cenar a un restaurante y que iban a bailar en un sitio con más gente, no esperaba una cena íntima en su suite.

Resistirse a él en aquellas circunstancias iba a resultar mucho más difícil.

Al entrar en la habitación, Charlotte vio que había flores y velas por todas partes y una botella de champán francés en una hielera sobre una mesa con servicio para dos.

–Ven, siéntate –le indicó Damon–. Vamos a disfrutar de la cena que el chef nos ha preparado especialmente para nosotros.

Charlotte se sentó y dejó que Damon le sirviera. Mientras lo hacía, observaba sus dedos pensando en que conocían cada centímetro de su cuerpo.

Con cuánta naturalidad se había entregado a él. Su inexperiencia no había sido problema. De hecho, la primera vez que se habían acostado su cuerpo lo había recibido sin dolor, como si estuviera hecha para él.

–Estás muy callada –comentó Damon tras el segundo plato–. ¿Quieres bailar?

–¿Aquí?

–Siempre te gustó mucho bailar –insistió Damon–. Estábamos tan compenetrados que parecíamos un solo cuerpo.

–Llevo años sin bailar... –contestó Charlotte desviando la mirada.

Damon apretó el botón de un mando a distancia y las notas de una balada romántica inundaron la estancia.

De repente, Charlotte se encontró entre sus brazos, moviéndose al unísono y sintiendo que el corazón le latía desbocado.

–¿Lo ves? Nuestros cuerpos todavía se acuerdan...

Charlotte se dejó llevar por la música mientras sentía el cuerpo de Damon pegado al suyo. Fue como dar marcha atrás en el tiempo cuatro años. Su cuerpo comenzó a reaccionar como si siguieran juntos. Charlotte le pasó a Damon los brazos por el cuello, lo que la acercó todavía más a su erección y, cuando lo miró a los ojos, se dio cuenta de que no iba a ser capaz de resistirse a él.

Sentía sus manos en las caderas como hierros al rojo vivo y sus piernas fuertes y musculosas mientras bailaban, pero lo que quería realmente era sentirlo dentro de ella. Obviamente, Damon lo percibía y, al cabo de un rato, estaba besándola con pasión.

–Llevas demasiada ropa –se quejó bajándole la cremallera del vestido.

–Lo mismo digo –contestó Charlotte desabrochándole los botones de la camisa y besándole en cada trozo de piel que quedaba al descubierto.

Cuando llegó a su cinturón, Damon gimió de placer, la tomó en brazos y la condujo a la cama, la tumbó y se reunió con ella en mitad de un montón de sábanas y ropa.

Cuando Damon se disponía a quitarle las braguitas, Charlotte lo paró y le pidió que apagara la luz.

–Quiero verte desnuda.

–No estoy tan delgada como antes...

–A mí me parece que estás estupenda.

–Por favor, Damon.

–Está bien, pero la próxima vez quiero verte –accedió Damon apagando la luz.

Al instante, Charlotte lo sintió sobre su cuerpo, despojándola de la ropa que le quedaba. Ella hizo lo mismo con rapidez. Sus cuerpos se encontraron, presas de la pasión, locos por unirse de la manera más íntima posible.

Charlotte quería sentirlo dentro, el deseo se había apoderado de ella y reverberaba en sus sienes como un primitivo tambor tribal.

Damon deslizó sus labios hasta el pecho de Charlotte y comenzó a succionarle el pezón, lo que hizo que Charlotte gimiera de placer y arqueara la espalda. Damon cambió al otro pecho, acariciándola, excitándola y deslizando la mano hasta encontrar su punto secreto, que no dudó en acariciar hasta hacerla gritar de placer.

Charlotte sintió que el cuerpo comenzaba a temblarle, buscó la erección de Damon y empezó a acariciarla hasta que él también comenzó a gemir.

Damon la agarró de la mano, pero Charlotte consiguió zafarse, tumbarlo boca arriba y seguir masturbándolo, primero con la mano y, a continuación, con la boca.

Damon gritó al sentir la humedad de sus labios en el glande. Charlotte se deleitó durante un buen rato en acariciarlo con la lengua.

–¡Ya basta! –exclamó Damon tumbándose sobre ella.

En pocos segundos, se había colocado un preservativo y la estaba penetrando.

–Voy demasiado deprisa –se quejó con la respiración entrecortada.

–No, más, más deprisa –lo urgió Charlotte moviéndose al compás.

De repente, alcanzó el orgasmo y sintió cómo su cuerpo entero se tensaba y explotaba, se esparcía por el espacio a trozos y todas sus células experimentaban el mismo placer.

Charlotte sintió que Damon también explotaba, lo tomó entre sus brazos y dejó que descansara sobre ella.

–Quería ir despacio, pero me ha resultado imposible. Me excitas demasiado –comentó Damon al cabo de un rato.

–Tú también me excitas mucho –confesó Charlotte acariciándole la mandíbula.

–¿Te has acostado con muchos hombres desde que nos separamos? –le preguntó Damon tomándole la mano y besándole la palma.

–¿Por qué lo preguntas?

–Ya sé que es egoísta por mi parte, pero tenía la esperanza de que no hubiera sido así.

–Seguro que tú sí que te has acostado con otras –le reprochó Charlotte.

–Sí...

–¿Y te has enamorado de alguien? –le preguntó Charlotte intentando ignorar el dolor que su confesión le producía.

–No, no me lo he permitido a mí mismo.

Charlotte sintió que la esperanza se apoderaba de ella. A lo mejor, todavía sentía algo por ella.

—¿Qué es ese ruido? —le preguntó Damon de repente.

—¿Qué ruido?

—Parece un móvil vibrando.

Charlotte sintió que el pánico se apoderaba de ella, pues era tarde. Las únicas personas que podrían llamarla a aquellas horas eran Caroline o Stacey.

—Voy a contestar —dijo levantándose de la cama y yendo hacia su bolso.

Se trataba de un mensaje de texto.

Emily se ha hecho daño. Estamos en el hospital infantil. Caroline.

Charlotte no se había dado cuenta de que Damon la había seguido hasta que oyó su voz.

—¿Quién es Emily?

Capítulo 8

ME TENGO que ir –anunció Charlotte vistiéndose a toda velocidad–. Me tengo que ir inmediatamente.

–¿Quién es Emily? –insistió Damon agarrándola del brazo.

–¡Mi hija! –contestó Charlotte mirándolo a los ojos–. Suéltame, me tengo que ir al hospital ahora mismo –añadió comenzando a llorar–. Todo esto es culpa mía. Ya sabía yo que iba a suceder algo.

–¿Tu hija? –se sorprendió Damon–. ¿Tienes una hija?

Charlotte asintió.

–¿Y tienes una relación conmigo estando casada y teniendo una hija?

–No estoy casada...

–¿Y el padre de la niña?

Charlotte se mordió el labio inferior. No quería decírselo así.

–Damon, me tengo que ir. Ya hablaremos en otro momento.

–No puedes conducir en este estado, así que dame las llaves de tu coche. Te llevo yo.

–No, tú no conoces la ciudad.

–Entonces, iremos en taxi.

A Charlotte le pareció buena idea, aunque sabía que iba a tener que pagar un alto precio por aceptar su ayuda, pero en aquellos momentos lo único que ie importaba era llegar al hospital cuanto antes y ver a su nija.

La culpabilidad se había apoderado de ella. No tendría que haber dejado a su hija. Emily llevaba varios días pidiéndole que pasara más tiempo con ella.

El trayecto en taxi fue muy rápido, pero a pesar de que ella intentó no entablar ningún tipo de conversación, Damon no estaba dispuesto a estar callado.

–¿No deberías avisar a su padre?

–No.

–¿Por qué? Supongo que querrá saber que su hija está en urgencias.

–Su padre no sabe que Emily existe.

Damon se quedó mirándola con los ojos muy abiertos.

–¿Cómo? ¿No se lo has dicho?

–Sí, se lo dije en su momento, pero no me creyó –contestó Charlotte con resignación, comprendiendo que había llegado el momento de contarle la verdad.

Damon sintió como si alguien lo acabara de golpear en el pecho con un objeto contundente.

No podía ser.

Imposible.

Charlotte le había dicho antes de marcharse de Grecia que estaba embarazada, pero él había creído que era una estratagema para salvar su orgullo.

¿Se habría equivocado?

–¿Es mi hija?

Charlotte asintió.

–No te creo.

En cuanto aquellas palabras hubieron salido de su boca, Damon se arrepintió de haberlas pronunciado porque era evidente que a Charlotte le habían hecho mucho daño.

–Viniendo de ti, no me extraña –contestó con frialdad–. Jamás me has creído, así que ¿por qué lo ibas a hacer ahora?

–¿Por qué no me lo dijiste?

Charlotte lo miró con resentimiento.

–Te lo dije y lo sabes perfectamente, pero tú no quisiste creerme. Me dijiste que era una ladrona y, evidentemente, preferiste deshacerte de mí antes que encarar tu responsabilidad y darle tu apellido a tu hija.

Damon sintió que la culpabilidad se apoderaba de él, dejándolo frío por dentro. Sentía el pecho tan constreñido que le costaba respirar.

Era cierto que no había dado oportunidad a Charlotte de que se defendiera, la había obligado a abandonar el país y no se había molestado en buscar otro sospechoso.

Damon se dijo que era imposible que hubiera

otros sospechosos a menos que estuviera dispuesto a preguntarse si podrían haber sido su madre o su hermana.

¿Y si Charlotte hubiera planeado todo aquello? Desde luego, aquella era la mejor venganza de todas. Ocultarle la existencia de su hija durante todo aquel tiempo, no volviendo a intentar ponerse en contacto con él después de las primeras semanas.

—Tengo una hija... —murmuró.

—Sí, se llama Emily Alexandrine —contestó Charlotte.

—¿Como mi madre?

—Sí, me pareció que era lo mínimo que podía hacer por ella porque tu madre siempre confió en mí.

Damon desvió la mirada y se quedó observando las luces de la ciudad que pasaban a toda velocidad por la ventanilla.

Sentía un nudo en la garganta.

Tenía una hija, una hija de la que no sabía nada, una hija que lo conectaba con Charlotte de una manera muy íntima, una hija que era la mezcla de sus sangres.

—¿Cuántos años tiene?

—Cumplió tres años hace tres meses. Su cumpleaños es el quince de abril.

Damon cerró los ojos. Cuántas cosas se había perdido. Su hija ya hablaría y caminaría y él no había estado a su lado para verlo. Nunca le había cambiado los pañales, no había visto su primera sonrisa ni su primer diente. Podría haberse cruzado con ella por la calle y no haber sabido jamás que era su hija.

–¿Cómo me has podido hacer una cosa así? –le espetó a Charlotte.

–No tuve más remedio. Me acusaste de haberte robado y me echaste del país.

–Pero es que eres una ladrona, Charlotte –contestó Damon con furia–. Me has robado a mi hija y te juro que esto no va a quedar así. La última vez que nos vimos, traicionaste la confianza de mi familia, pero ahora... unas cuantas esculturas antiguas no son nada comparadas con mi hija. Te vas a arrepentir de no haberme hablado de su existencia.

Con aquella amenaza en los oídos, Charlotte bajó del taxi y entró corriendo a la recepción del hospital. Allí le indicaron dónde podía encontrar a Caroline, pues a Emily le estaban haciendo radiografías.

Nada más verla aparecer, su amiga se puso en pie y corrió a su lado.

–Oh, Charlotte, cuánto lo siento. Estaba hablando por teléfono con mi madre y las niñas estaban jugando a mi lado. De repente, Emily se ha caído del sofá y se ha hecho daño en el brazo. No sé qué decir...

–No pasa nada –la tranquilizó Charlotte abrazándola–. Seguro que no le ha pasado nada.

–¿Cómo que no? –rugió Damon a su lado–. ¿Qué tipo de niñera es usted que permite que los niños a los que está cuidando estén solos mientras usted habla por teléfono?

–Damon, por favor, este no es el momento... Los niños se hacen daño constantemente –le explicó Charlotte–. Emily es torpe cuando está cansada. Los niños de tres años se caen todo el rato. No es justo echarle la culpa a Caroline de lo que ha pasado.

–Entonces, ¿de quién es la culpa? Obviamente, tuya. Tú eres su madre y la has dejado con una persona que no la sabe supervisar adecuadamente.

Charlotte lo miró furiosa.

–Te recuerdo que fuiste tú quien insistió en que quedáramos esta noche a cenar. Si no me hubieras obligado a quedar contigo, esto no habría ocurrido –le espetó.

Damon abrió la boca para defenderse, pero, en ese momento, oyó una silla de ruedas a sus espaldas y, al girarse, vio a su hija por primera vez.

–Mamá... –dijo la niña mirando a Charlotte.

Charlotte se giró hacia ella.

–Cielo... –le dijo tomándola en brazos y besándola varias veces.

Damon se sentía completamente fuera de lugar.

–¿Estás bien, cariño? ¿Te duele el brazo?

–No, pero quería estar contigo... –contestó Emily abrazándose a su madre y llorando profusamente.

Damon tragó saliva. Su hija no lo reconocía. En un primer momento, había pensado en pedir las pruebas de paternidad por si Charlotte lo estaba engañando también en aquello, pero ahora no le cabía la menor duda de que Emily era hija suya, pues era el vivo retrato de su hermana, Eleni, a su edad.

El mismo pelo casi negro, los mismos ojos color chocolate, la misma boquita y la misma nariz respingona.

Tenía una hija, una hija que Charlotte le había arrebatado. Había tenido cuatro años para hablarle de ella y no lo había hecho. Tampoco lo había hecho durante aquellos días, desde que se habían vuelto a ver.

–Se pueden ir a casa, señora Woodruff –le dijo el médico que acompañaba a la niña–. Emily tiene una fractura limpia que no presenta complicaciones. De todas maneras, quiero que la traiga al traumatólogo a una revisión dentro de tres semanas.

–Muy bien –contestó Charlotte.

–Ahora le vamos a escayolar el brazo –anunció el médico haciendo una señal a una enfermera.

Charlotte esperó pacientemente mientras la enfermera le colocaba a Emily una preciosa escayola rosa que a la niña le encantó. Damon estaba a su lado, con expresión muy seria, y Charlotte sabía que la pesadilla no había hecho más que comenzar.

Capítulo 9

EMILY se quedó dormida una vez en el taxi, momento que Damon aprovechó para volver a la carga.

—Me vas a tener que dar muchas explicaciones —le dijo a Charlotte.

—No me parece ni el lugar ni el momento apropiados —contestó ella—. Quiero llegar a casa para meter a Emily en la cama.

—Esto no ha terminado, Charlotte. Te juro que esto no ha terminado —le advirtió Damon—. No me puedo creer que me hayas mantenido al margen de su vida durante todos estos años.

—Por si no lo recuerdas, te dije que estaba embarazada, pero tú no quisiste creerme. Te llamé por teléfono varias veces y te mandé varios correos electrónicos, pero tú no te pusiste en contacto conmigo.

—¡Me lo podrías haber dicho la otra noche cuando nos vimos en el museo! ¡Es mi hija! —exclamó Damon furioso—. ¿Te das cuenta de todo lo que me he perdido?

—¿Así que ahora resulta que estamos hablando

de ti? —le espetó Charlotte en tono sarcástico—. Vaya, y yo aquí creyendo que estabas preocupado por una niña de tres años que se ha roto el brazo. Perdóname si les he dado prioridad a sus necesidades sobre las tuyas.

Damon apretó las mandíbulas con fuerza.

—Me lo tendrías que haber dicho y lo sabes perfectamente.

—Te lo habría dicho si no hubiera pensado que eras capaz de arrebatarme a mi hija en cuanto hubiera nacido.

Damon se quedó en silencio.

—Todavía puedo hacerlo.

—¡No, no puedes! ¡Es mi hija!

—También es hija mía y, a juzgar por lo que ha pasado esta noche, tú no te ocupas adecuadamente de ella.

—¡Eso no es verdad!

—¿Cómo puedes decir eso después de que se haya roto el brazo?

—Romperse un brazo no es nada grave, Damon. No te pongas histérico, ni pierdas los papeles. Los niños se caen continuamente. Podría haber ocurrido en la guardería.

—¿Cómo? ¿Va a la guardería? ¿Cómo demonios consientes que la cuiden desconocidos? —le espetó Damon furioso.

Charlotte puso los ojos en blanco.

—Por si no te has dado cuenta, Damon, soy madre soltera y, al igual que todas las madres solteras del mundo, tengo que trabajar para dar de comer a mi hija. Me encantaría poder quedarme en casa con Emily, pero no me puedo permitir ese lujo, así que sí, tengo que dejarla con desconocidos, pero se trata de profesionales muy cualificados que la tratan con mucho cariño.

—Quiero que la saques de la guardería inmediatamente.

—No.

—Quiero que la saques de la guardería y que te quedes con ella.

—¡Tengo que trabajar! —le recordó Charlotte—. ¡Tengo que terminar de organizar la exposición!

—Muy bien, si no me dejas otra alternativa, retiraré mi patrocinio y no habrá exposición. Además, les contaré a tus jefes que eres una ladrona. Estaba empezando a creer que eras inocente, pero ya veo que no. Desde luego, se te da muy bien mentir.

Charlotte sintió que los ojos se le llenaban de lágrimas.

—Por favor... comprendo que estés enfadado, pero entiende que, si me haces daño a mí, le estarás haciendo daño a tu hija. Siempre he pensado en ella, para mí Emily siempre ha sido lo primero en la vida. Me habría encantado poder compartirla contigo, pero no me fue posible porque tú creías, estabas convencido y todavía lo sigues estando, que soy una ladrona. ¿Tienes idea de cuántas veces me hubiera encantado descolgar el teléfono para ha-

blarte de ella? Tú me lo hiciste imposible al acu-
sarme de robo. Me echaste de tu vida. Me acusaste
de un delito que yo no había cometido.

—¡Mentirosa! —exclamó Damon—. No haces más
que mentir. No me ibas a hablar de ella jamás. Lo
sé. Lo leo en tus ojos. Era la venganza perfecta,
¿verdad? ¡Me has robado a mi propia hija!

—¡Yo no te he robado nada! Me dijiste que me
fuera y yo me fui... embarazada...

—¿Cuándo te diste cuenta de que estabas embarazada?

—El período se me había retrasado y comencé a
sospechar. Cuando llegaste a la galería aquella
tarde, intenté contártelo, pero tú venías con otra historia en la cabeza.

Damon hizo un gran esfuerzo para escucharla
sin interrumpirla. Quería defender la reacción que
había tenido en aquellos momentos, pero estaba
empezando a ver que Charlotte había pasado por
una situación difícil y él no se lo había puesto fácil
en absoluto.

—Cuando llegué a Sídney, fui al ginecólogo y el
embarazo quedó confirmado —continuó Charlotte
apartándole a su hija el pelo de la frente.

—¿Lo hiciste adrede para cazarme?

—¿Cómo puedes decir una cosa así? Te recuerdo
que estaba terminando la carrera y que me habían
ofrecido una beca por buenas notas para hacer el
doctorado. ¿Por qué iba a tirar todo eso por la
borda quedándome embarazada? Además, si lo hu-

biera hecho adrede, ¿por qué iba luego a no decirte nada de la existencia de la niña?

Damon se quedó mirando por la ventanilla del taxi. Estaba lloviendo y hacía frío. Su vida había cambiado drásticamente.

Era padre.

—En cuanto termine la exposición, nos iremos a Santorini —anunció pensando en la felicidad de su madre cuando conociera a su nieta.

Charlotte lo miró sorprendida.

—No pienso ir contigo a ninguna parte.

—Si no vienes conmigo, te juro que jamás volverás a ver a tu hija —la amenazó Damon.

Charlotte tragó saliva.

—No puedes hacer eso...

—Puedo y lo haré. Has criado a mi hija en un ambiente peligroso. Lo que ha pasado hoy lo demuestra. Ya veremos lo que nos encontramos cuando lleguemos a tu casa.

Cuando el taxi paró ante su casa, Charlotte vio que había luz en la habitación de Stacey y rezó para que todo estuviera en orden. Nada más abrir la puerta, oyó una voz masculina que no conocía y comprendió que no era así.

—Venga, guapa, te he pagado el doble, así que móntatelo bien...

Charlotte se apresuró a cerrar la puerta.

—No podemos entrar —anunció girándose hacia Damon.

—¿Tu hermana? —le preguntó él.

–Sí –contestó Charlotte sonrojándose de pies a cabeza por la vergüenza.

–¿Esto suele suceder muy a menudo?

–Jamás había sucedido antes –contestó Charlotte sinceramente, a pesar de que sabía que Damon no la iba a creer.

Por la cara que puso, era evidente que no la creía.

–¿Cómo te atreves a exponer a mi hija a algo así? –la acusó Damon.

–¡Me había prometido que iba a buscar ayuda! –contestó Charlotte con lágrimas en los ojos.

–¿Ayuda para qué? ¿Qué le pasa a tu hermana?

Charlotte bajó la mirada al darse cuenta de lo que había dicho.

Ya no había marcha atrás.

–Es drogadicta. Cuando mi madre enfermó, comenzó a salir con personas indeseables... no pude evitarlo... desde entonces, ha ido a peor...

–¿Y se prostituye para pagarse la droga? –le preguntó Damon furioso.

Charlotte no contestó.

–¿Has permitido que mi hija estuviera expuesta a esto?

–No he tenido más remedio –contestó Charlotte mirándolo a los ojos con valentía–. ¿Qué podía hacer, abandonar a mi hermana a su suerte? Soy lo único que tiene en el mundo. Quiero ayudar a Stacey aunque me comprometa en el proceso.

–¡Pero no comprometas a mi hija!

–¡No he tenido más remedio que hacerlo! ¿Tú sa-

bes lo que se siente cuando ves a un ser querido des-
truirse a sí mismo sin poder hacer nada por ayu-
darle? Lo he intentado todo. Le he suplicado, la he
sobornado, le he dado mil oportunidades, y siempre
me defrauda.

—Entonces, apártala de tu vida.

—¿Como hiciste tú conmigo? —lo acusó Charlotte.

—Tú me habías defraudado y no quería seguir
viéndote.

—Qué fácil, ¿verdad? A todo aquel que se pasa
de la raya, lo echas de tu vida y punto, ¿eh? Yo no
soy así. Stacey es mi hermana y no pienso deshacerme de ella. Es culpable de ser débil, sí, pero necesita ayuda y yo se la voy a dar.

—No pienso consentir que mi hija esté expuesta
a la influencia de una persona así —contestó Damon parando un taxi—. No pienso consentir que en-
tres en esa casa con Emily. Nos vamos a mi hotel
ahora mismo.

—Un hotel no es el lugar apropiado para una
niña pequeña —protestó Charlotte siguiéndolo con
la niña en brazos.

—Y un burdel, tampoco —le espetó Damon.

—Ya te he dicho que es la primera vez que hace
algo así. Me prometió que iba a ingresar en un programa de desintoxicación. La iba a ingresar en una
clínica nueva. Por eso acepté tu dinero, para pagarle la clínica. Es muy cara...

—¿Le has dado mi dinero a esa zorra?

Charlotte apretó los dientes.

–Te crees intocable en tu torre de marfil y te sientas ahí arriba juzgándonos a todos, pero estoy segura de que tú habrías pagado cualquier cantidad para que tu hermana se recuperara, ¿verdad?

Damon la miró anonadado. Tenía razón. Habría pagado lo que fuera necesario para que Eleni se hubiera repuesto.

–No tienes ni idea de cómo es el mundo de verdad, Damon –lo acusó Charlotte mientras el taxi avanzaba por las calles mojadas–. He hecho todo lo que he podido por ayudar a mi hermana. Me ha roto el corazón muchas veces, pero no pienso dejarla tirada. Yo no soy así, no soy como tú. A la menor sospecha, no dudaste en tirar nuestra relación por la borda. No me diste oportunidad de defenderme ni de aclarar la situación. Tú ya habías decidido el veredicto. A tus ojos era culpable porque querías que fuera culpable.

–Yo no quería que fueras culpable –se defendió Damon.

Sin embargo, aquellas palabras no le sonaron verdaderas. ¿Acaso aquella situación le había puesto en bandeja una salida rápida a una relación cada vez más seria? Su familia le exigía que se casara con alguien de origen griego e incluso ya habían elegido a Iona Patonis, una amiga de su hermana.

–Yo no quería que fueras culpable –repitió.

Nada. Aunque era la segunda vez que lo decía, no había convicción en sus palabras.

–Sí, claro –dijo Charlotte mirándolo con desdén–. Bien que me decías que me querías, pero no
me lo demostraste, Damon. Si de verdad me hubieras querido, me habrías defendido, pero me echaste
de tu lado a las primeras de cambio.

–Si te sirve de consuelo, no me fue fácil –contestó Damon.

–A mí tampoco me fue fácil irme –dijo Charlotte mirando por la ventanilla.

Damon pensó que ella no se había ido, que la
había echado él y la culpabilidad se apoderó de su
corazón.

Capítulo 10

AL LLEGAR al hotel, Emily comenzó a despertarse en brazos de su madre.

–¿Dónde estamos, mamá? –le preguntó.

–En un hotel, cariño –contestó Charlotte–. En el hotel en el que está... tu padre...

–¿Mi padre? –preguntó la pequeña con los ojos como platos.

Charlotte miró a Damon de reojo.

–Sí, está aquí, cariño.

–Emily –le dijo Damon a la niña–. Yo soy tu padre.

–¿De verdad?

–Sí, de verdad –sonrió Damon.

–¿Vas a quedarte a vivir con nosotras? –le preguntó Emily metiéndose el pulgar en la boca.

–Emily, todavía no... –contestó Charlotte.

–Sí, vamos a vivir todos juntos –la interrumpió Damon–. Vamos a empezar por irnos todos de vacaciones, como una familia de verdad.

–¿En avión?

–Sí, en mi jet privado –contestó Damon.

–¿Y mamá también va a venir?

—Claro —contestó Damon.

—¿Os vais a casar?

—No todos los papás y las mamás del mundo están casados, hija —le explicó Charlotte.

—Pero yo quiero ser dama de honor como Janie, que fue a la boda de sus padres llevando las flores —protestó la pequeña.

—Veré qué puedo hacer —le prometió Damon entrando en el hotel.

Charlotte tuvo que esperar a que la niña estuviera cómodamente instalada en una habitación de la suite de Damon para poder hablar con él tranquilamente.

—¿Cómo te atreves a darle a entender a Emily que nos vamos a casar? —le espetó—. Cuando se entere de que no es cierto, se va a llevar un gran disgusto.

Damon se quedó mirándola a los ojos.

—Creo que Emily desea tener una familia normal y nosotros podríamos dársela.

Charlotte lo miró alarmada.

—No, Damon. Eres el último hombre sobre la faz de la tierra con quien me casaría.

—No tienes alternativa —objetó Damon—. Si no accedes a convertirte en mi esposa, te encontrarás sin trabajo y sin hija. Sabes perfectamente que ningún juez consentirá que una niña de tres años viva con una prostituta drogadicta.

—¡Soy su madre y tú no puedes aparecer de repente y quitarme a mi hija!

—Y yo soy su padre y, como hasta ahora no he

podido tomar ninguna decisión sobre su vida, pienso tomar el control totalmente de ahora en adelante –contestó Damon acercándose al bar.

–¿Y cómo vas a saber lo que es mejor para ella si no sabes ser padre?

–¿Hace falta que te recuerde de quién es culpa eso?

–¿Hace falta que yo te recuerde a ti que no me creíste cuando te dije que estaba embarazada de ella?

–Pues ahora quiero que me digas otra cosa –dijo Damon acercándose de manera intimidatoria–. ¿Cuándo me ibas a hablar de su existencia? Has tenido días para hacerlo y no lo has hecho.

–Estaba intentando aunar valor para hacerlo – contestó Charlotte sinceramente.

–¡Además de ladrona, mentirosa! –le espetó Damon.

Sin pensar lo que hacía, Charlotte levantó la mano para abofetearlo, pero Damon la agarró de la muñeca y se apretó contra ella.

–La violencia no te va bien –le dijo al oído–. Me gustas mucho más cuando ronroneas como una gatita en celo entre mis brazos –añadió besándola detrás de la oreja.

–Déjame ir –rogó Charlotte.

Tenía sus labios demasiado cerca y sabía que no sería capaz de aguantar mucho más la tentación.

–No, cometí ese error hace cuatro años y ahora no pienso separarme de ti –contestó Damon chupándole el cuello.

Charlotte se estremeció de pies a cabeza.

–¿Ves cómo respondes, Charlotte?

–No quiero responder a tus caricias –se lamentó Charlotte.

–No puedes evitarlo. La pasión que hay entre nosotros es demasiado fuerte –contestó Damon besándola–. Me deseas –añadió desnudándola.

Charlotte no lo negó. No merecía la pena, pues era cierto. De repente, Damon se apartó.

–No pienso acostarme contigo hasta que nos hayamos casado –declaró.

–Y yo no pienso acostarme contigo nos casemos o no –contestó Charlotte dolida porque se hubiera apartado de repente cuando ella ya se había dejado llevar.

–Te acabo de demostrar que puedo hacer que te acuestes conmigo siempre que quiera –sonrió Damon de manera burlona.

–Lo único que me acabas de demostrar es que eres un hombre sin escrúpulos –le espetó Charlotte.

–Cuando nos hayamos casado, no te voy a permitir que me hables así –le advirtió Damon acercándose a ella.

–¿Ah, no? –se burló Charlotte.

–Te voy a enseñar a respetarme aunque sea lo último que haga en la vida –gritó Damon agarrándola del brazo y tirándola sobre la cama.

A continuación, se desnudó, se colocó entre sus piernas y la penetró con fuerza.

–¿Ves cómo te gusta? –le dijo al notar que los

músculos vaginales de Charlotte lo recibían con deleite.

Charlotte no contestó, el deseo se había apoderado por completo de ella y lo único que quería era dejarse llevar por las sensaciones. Damon estaba tan excitado que se movía a un ritmo frenético, pero Charlotte consiguió seguirlo y juntos alcanzaron un orgasmo violento y salvaje.

Charlotte estaba tumbada entre los brazos de Damon y sentía su corazón latiendo con fuerza contra su pecho. También sentía su aliento intermitente en su cuello. Le hubiera gustado decir algo, pero no se le ocurría cómo romper aquel silencio tan extraño.

Se sentía completamente avergonzada por lo que acababa de suceder. Damon se retiró, se tumbó boca arriba en la cama, se tapó los ojos con el brazo y suspiró como si se arrepintiera de lo que había pasado.

–Lo siento, Charlotte –se disculpó–. Esto no tendría que haber sucedido. No así.

–Creía que para eso me habías contratado –contestó Charlotte con ironía–. ¿Acaso no querías que me convirtiera en tu amante mientras estuvieras en Australia?

Damon se sonrojó.

–Cuando hicimos aquel trato, no sabía que eras la madre de mi hija.

–Así que eso cambia las cosas, ¿eh?

–Sabes que sí.

–Eres un hipócrita, Damon. No te importó en absoluto pagarme para que me convirtiera en tu amante cuando te vino bien, pero ahora quieres que me convierta en una esposa fiel y obediente –le espetó Charlotte poniéndose en pie y vistiéndose a toda velocidad–. ¿Y qué crees tú que le va a parecer a tu madre que te cases conmigo?

–Le parecerá bien porque entenderá que lo he hecho para proteger a mi hija.

–¿Te das cuenta de lo que me estás pidiendo? Me estás pidiendo que deje la vida que tengo aquí.

–Me vas a perdonar, pero la vida que tienes aquí no vale nada, está llena de problemas. Estarás mucho mejor en Grecia. No te faltará nunca el dinero y Emily tendrá a sus padres y a su abuela.

–Te crees que, como tienes dinero, puedes tenerlo todo en la vida, ¿no?

–Te recuerdo que a ti he conseguido comprarte con dinero.

–No volverá a suceder.

–Sí, sí volverá a suceder y lo sabes, porque no puedes controlarte. En eso, nos parecemos. La atracción que hay entre nosotros es demasiado fuerte.

–Pero también nos odiamos –objetó Charlotte–. ¿Qué tipo de ambiente familiar le vamos a dar a la niña?

–Un buen ambiente porque nos vamos a comportar como adultos responsables y maduros. Nos vamos a tratar con respeto, sobre todo cuando ella esté delante.

–No creo que a ti te vaya a resultar fácil, porque cada vez que me miras, lo haces con odio.

–Te puedes dar con un canto en los dientes de que quiera casarme contigo porque, después de lo que he visto esta noche, podría quitarte a Emily para siempre.

–¿Así que ahora resulta que te tengo que dar las gracias por obligarme a casarme contigo?

–Podría ser mucho peor.

–Sí, claro. Podría haberme casado con alguien que me quisiera.

–Podrías haberlo hecho hace cuatro años, pero tiraste tu oportunidad por la borda.

–No hay manera de convencerte –se lamentó Charlotte–. Me sigues teniendo por una ladrona.

–Mira, yo creo que sería mejor que dejáramos el pasado atrás por el bien de nuestra hija. Te prometo que nadie volverá a mencionar aquel incidente. En cuanto nos hayamos instalado en Grecia, podrás retomar tu profesión. Hay muchas oportunidades en Santorini para una persona con tu cualificación.

–De verdad crees que me voy a ir contigo, ¿verdad?

–No tienes alternativa. Si no te casas conmigo, te quito a la niña.

–Mamá... –murmuró Emily entrando en la habitación.

–¿Qué te ocurre, cariño? –dijo Charlotte girándose hacia la niña–. ¿Te duele el brazo?

–Sí –sollozó Emily–. Y, además, he tenido otro sueño feo.

–No pasa nada, cariño, estoy contigo –la tranquilizó Charlotte.

–Y yo, también –añadió Damon.

–Estaba soñando contigo –dijo Emily señalando a su padre.

–¿De verdad? –le preguntó Damon con un tremendo nudo en la garganta.

–Sí, te ibas...

–No, no me voy a ninguna parte. Te lo prometo.

–¿Me lees un cuento? –le preguntó la pequeña–. Mamá me lee uno todas las noches y, cuando me porto muy bien, se inventa uno solo para mí. ¿Tú sabes hacer eso?

–Lo puedo intentar.

–Muy bien. Los cuentos siempre empiezan con «Érase una vez...» –le instruyó la niña con mucha seriedad.

Damon sonrió, la tomó de la mano y la condujo a su dormitorio.

–Érase una vez una niña preciosa que se llamaba Emily...

Capítulo 11

ESTÁ dormida? –le preguntó Charlotte a Damon cuando este volvió al dormitorio principal un rato después.

–Sí –contestó Damon pasándose la mano por el pelo.

Estaba visiblemente enfadado.

–¡Cuántas cosas me he perdido! ¿Te das cuenta de lo que me has hecho? Me has arrebatado la infancia de mi hija.

–Intenté decirte que estaba embarazada.

–Deberías haber seguido intentándolo.

–¿Durante cuánto tiempo? –le espetó Charlotte desesperada–. Mi madre se estaba muriendo, mi hermana no paraba de meterse drogas y yo tenía que estudiar a pesar de estar embarazada. Aunque te cueste entenderlo, decidí que lo mejor era seguir adelante yo sola con mi vida porque era obvio que tú querías seguir adelante tú solo con la tuya... ¿Recuerdas lo que me dijiste el último día? –dijo recordando el dolor–. Cuánto daño me hiciste. Aquellas palabras me hicieron pensar que, tal vez, si te enteraras de que estaba embarazada, me obligarías a abortar y yo no quería, así que decidí no arriesgarme. Por eso, dejé de intentar ponerme en contacto contigo.

–Yo jamás te hubiera obligado a abortar.

–¿De verdad que no? Recuerda lo que me dijiste, recuerda que me dijiste que era una zorra que lo único que quería era casarme con un millonario.

–Siento mucho cómo me comporté entonces –suspiró Damon–. Sin embargo, tendrías que haber seguido insistiendo hasta haberte puesto en contacto conmigo.

–Claro, para que me quitaras a la niña tal y como has amenazado con hacerme hoy.

–Quiero que Emily forme parte de mi vida. No me voy a ir sin ella. Hasta estoy dispuesto a casarme contigo.

–Vaya, muchas gracias.

–Estoy tan enfadado contigo...

–Pues no deberías estar enfadado conmigo sino contigo. Si no te hubieras comportado de manera tan arrogante, si no hubieras estado tan seguro de que yo había robado esa escultura, no te habrías perdido la infancia de tu hija. ¿No te has parado a pensar qué pasaría si yo no hubiera robado nada? ¿Y si yo no fuera la culpable?

–Tienes que ser tú.

–¿Por qué? ¿Para que tú puedas seguir siendo el bueno de la película, el herido, la víctima?

–Desde entonces, no ha vuelto a haber ni un

solo robo y tampoco nos habían robado nada antes de tu llegada.

–Ah, claro, y automáticamente eso me hace responsable del robo –se burló Charlotte con incredulidad–. Por favor, Damon, te tenía por alguien un poco más inteligente.

–No quiero volver a hablar de ese incidente. Ahora lo importante es decidir qué vamos a hacer de ahora en adelante.

–Yo no me puedo ir hasta que se haya inaugurado la exposición. No puedo dejar a Julian ahora que me necesita.

–Está bien –accedió Damon–. Nos quedaremos hasta que hayas cumplido con tus compromisos profesionales, pero nos casaremos cuanto antes.

–Tardan un mes en dar las licencias de matrimonio.

–Podemos pedir una especial.

–En cualquier caso, Emily no tiene pasaporte.

–¿Y se puede saber por qué?

–Porque no tiene sentido que lo tenga. Yo no tengo dinero para viajar –se lamentó Charlotte.

–Tendrías que haberte puesto en contacto conmigo –insistió Damon.

–¿Para qué? Ya estaba harta de darme todo el tiempo contra el mismo muro... Mira cómo me trataste la otra noche cuando nos volvimos a ver.

Damon no contestó de inmediato.

–Admito que no te traté bien. Por eso, precisamente, no entiendo por qué accediste a seguir viéndome.

–Porque no me dejaste otra opción con tus amenazas. Cuando me dijiste que querías que fuéramos amigos, pensé que era una buena idea, que podríamos conocernos de nuevo y establecer una confianza que me permitiera hablarte de nuestra hija.

–Quiero creerte, Charlotte, de verdad –contestó Damon pasándose la mano por el pelo–, pero confieso que tengo miedo porque hace cuatro años me arrancaste el corazón. ¿Cómo puedo confiar en ti?

–La pregunta sería cómo puedo yo confiar en ti –contestó Charlotte con lágrimas en los ojos–. Me has amenazado constantemente, me has chantajeado y me has obligado a mentirte para proteger a mi hija. No me gustaba tener que mentirte. Nunca me han gustado las mentiras porque crecí con las de mi padre y ahora tengo que soportar las de mi hermana...

–Charlotte...

Charlotte dio un paso atrás.

–No, no me toques, por favor. No lo puedo soportar. No puedo soportar lo que nos ha sucedido. Teníamos una relación maravillosa... eras el hombre más maravilloso que había conocido... tan alegre y vibrante. Te quería con todo mi corazón. Jamás habría hecho nada que te hubiera hecho daño, pero tú lo destrozaste todo. Estás enfadado porque te has perdido la infancia de tu hija, pero no te has parado a pensar qué me he perdido yo —le espetó Charlotte furiosa.

Damon tragó saliva.

—¿Qué te has perdido?

—Cuando volví a Australia, me encontré completamente sola. A mi madre le diagnosticaron un cáncer de pecho la misma semana que a mí me dijeron que estaba embarazada. De repente, muchas personas pasaron a depender de mí. Mi hermana estaba tan destrozada por el diagnóstico de mi madre que comenzó a experimentar con las drogas para dejar atrás el dolor. Además, no se había repuesto del suicidio de mi padre en la cárcel porque la pilló tan jovencita que no podía entender que una persona hiciera algo así. Yo no tuve más remedio que ponerme a estudiar día y noche porque sabía que iba a tener que hacerme cargo de mi hija y, probablemente, también de Stacey. No tenía a nadie que me ayudara y que me apoyara, nadie a quien decirle lo asustada que estaba.

Damon sintió un nudo de emoción en el pecho. ¿Cómo podía haberse comportado de manera tan dura con ella? Aunque le hubiera robado, no tendría que haberla tratado así.

—No sé qué decir...

—Supongo que pedirme perdón está fuera de cuestión. Tienes demasiado orgullo como para admitir que te equivocaste.

—Siento mucho que tuvieras que pasar por toda esa situación tú sola. Jamás volverás a estar sola.

Estaremos juntos de ahora en adelante para que Emily tenga todo lo que se merece.

–Todo lo que se merece económicamente, querrás decir, porque es obvio que no tendrá dos padres enamorados, que es lo que todos los niños se merecen.

–Hoy en día, la mayoría de los niños tienen padres divorciados, así que el hecho de que sus padres sigan juntos ya será mucho para nuestra hija. Con el tiempo, conseguiremos ser amigos, ya lo verás.

–Se me hace extraño que no hayas dicho todavía que quieres una prueba de ADN –comentó Charlotte.

–No me hace falta, es obvio que Emily es mi hija –contestó Damon–. Es el vivo retrato de mi familia.

–¿Y si no se hubiera parecido a vosotros?

–Entonces, te habría preguntado si tenías alguna duda de que fuera mía.

–Y yo te habría contestado que no porque jamás estuve con otro hombre que no fueras tú.

–No te creo –contestó Damon.

–Ya estamos otra vez. No crees nada de lo que digo. Esto no funcionará nunca.

–Funcionará. Funcionará porque tiene que funcionar. Funcionará por Emily. En estos momentos, es la gran prioridad de mi vida. Quiero pasar tiempo con ella para conocerla, quiero recuperar el tiempo perdido.

–Tengo fotografías y vídeos de sus primeros pasos y de sus primeras palabras. Lo tengo todo guardado... incluso la ropita...

–Me encantaría verlo.

–Lo tengo en casa.

–Hablando de tu casa, ¿tu hermana vive con vosotras?

–No, va y viene de vez en cuando, pero yo nunca la he invitado a que se viniera a vivir con nosotras.

Damon se quedó pensativo.

–Me temo que no puedo ayudarla más –comentó Charlotte con desesperación–. He hecho todo lo que he podido. Incluso accedí a acostarme contigo para pagarle la clínica de desintoxicación, pero ella me robó el dinero y se lo dio a su camello. Ya no puedo hacer nada...

–Estás agotada –le dijo Damon–. Acuéstate. Yo dormiré en el sofá.

–Gracias.

–Voy a salir un rato. Charlotte, me gustaría que, mientras tú te ocupas de la exposición, yo me pudiera quedar con Emily. Durante las próximas tres semanas tú vas a estar hasta arriba de trabajo y nosotros podríamos aprovechar para conocernos. No me hace gracia la idea de que vuelva a la guardería con el bracito así.

Charlotte sintió que se le llenaban los ojos de lágrimas, pero no le dio tiempo de agradecerle a Damon su gesto porque, cuando se giró hacia él, ya se había ido.

Capítulo 12

ESTA exposición está teniendo tanto éxito que va a pasar a la historia como una de las más famosas que se hayan organizado jamás en este museo –le dijo Diane a Charlotte tres semanas después.

Charlotte había pasado tres semanas horribles, con mucho trabajo e intentando llevar todo lo bien que podía la difícil relación con Damon. Lo único bueno era que Emily había aceptado a su padre sin problema.

Stacey le había dejado un mensaje en el móvil diciéndole que, por fin, iba a ingresar en un programa de desintoxicación, pero Charlotte ya no sabía si creerlo. Desde entonces, no había vuelto a saber nada de ella, aunque había intentado ponerse en contacto con su hermana en repetidas ocasiones.

Emily y ella se habían instalado en el hotel y, aunque Damon se mostraba educado con ella, la ignoraba por completo. Acostaba a Emily todas las noches y, a continuación, inmediatamente, se iba y no volvía hasta la mañana siguiente.

–¡Debes de estar emocionada! ¡Te casas este fin de semana! –comentó Diane.

–Va a ser una boda muy sencilla.

–Qué romántico. Es genial que Damon Latousakis sea el padre de Emily. Yo lo supe desde el principio.

Charlotte sonrió y no contestó.

–El viaje a Grecia te va a venir de maravilla –continuó su amiga–. Pareces muy cansada y Julian ya está recuperado y deseando volver al trabajo. Para cuando vuelvas, ya estará aquí.

–Solo voy a estar fuera dos semanas.

–¿Y por qué no te tomas unas vacaciones más largas? Incluso podrías plantearte no volver a trabajar, te lo vas a poder permitir.

Charlotte sabía que era cierto. El único problema era que su futuro marido no podía soportar estar en la misma habitación que ella.

Por alguna razón que Charlotte no podía llegar a comprender, Damon había insistido en que se casaran por la iglesia. La ceremonia resultó breve y tradicional y Emily llevó las flores muy orgullosa y con mucha serenidad. La niña estaba encantada y, cada vez que su padre la miraba, sonreía feliz. Charlotte estaba contenta porque Damon había conseguido en muy poco tiempo establecer con su hija una relación cariñosa, llena de juegos y de tolerancia.

–¿Nos vamos al avión ya? –preguntó Emily mientras sus padres firmaban los papeles.

–No, mañana –le contestó Charlotte.

–Voy a conocer a mi abuela, ¿verdad?

–Sí.

–Eso me había dicho papá. ¿Y puedo llevarme todos los juguetes que papá me ha comprado para enseñárselos?

–Solo unos cuantos –contestó Charlotte.

–Puedes llevártelos todos –intervino Damon acariciándole la cabeza.

Charlotte lo miró molesta. No le gustaba que le quitara autoridad delante de la niña.

–¿Estás enfadada con papá? –le preguntó Emily metiéndose el pulgar en la boca.

–No, claro que no –mintió Charlotte.

–No quiero que te enfades con papá porque yo lo quiero mucho...

Charlotte sintió que se le formaba un nudo en la garganta.

–Yo también... eh... lo quiero mucho... pero es que estoy muy cansada porque últimamente he tenido mucho trabajo.

–¿De verdad lo quieres?

–¿Cómo no iba a querer al padre de mi niña?

–Vamos, cariño, tenemos que despedirnos de los invitados –intervino Damon agarrando a la pequeña de la mano.

Una vez a solas, Charlotte suspiró aliviada. Como Damon la tenía por una mentirosa consumada, era imposible que se diera cuenta de que, en aquella ocasión, había dicho la verdad.

Después de acostar a Emily, Damon se acercó al salón, donde Charlotte estaba hojeando una revista.

–Quiero hablar contigo –anunció.

–¿De qué? –contestó Charlotte sin apartar los ojos de la revista.

–¡No me ignores! –exclamó Damon acercándose y arrebatándole la revista.

–Tú llevas tres semanas ignorándome a mí –protestó Charlotte–. Apenas me hablas. Solamente lo haces cuando Emily está delante. Eres un hipócrita.

–¿Y tú? Tú también le dices cosas que no sientes. La niña está confusa porque le dices que me quieres, pero me insultas constantemente.

–¿Y qué quieres que le haga? ¿Qué quieres, que nos demos un beso y hagamos las paces?

–Eso estaría bien.

–Vete al infierno.

–Charlotte, mañana nos vamos a Santorini. Allí se supone que somos una pareja felizmente casada y no quiero que mi madre tenga ningún motivo para sospechar que no es así.

–¿No le has contado la verdad?

–Por supuesto que no. Quiero que mi madre pueda disfrutar de su primera nieta sin tenerse que preocupar de que no haya más. Quiero que tenga muy claro que va a tener más nietos.

–¿Me estás diciendo que quieres tener más hijos conmigo?

–¿Tan desagradable te parece la posibilidad?

–¡Me parece indignante!

–¿Por qué? Tenemos una hija y es normal que queramos tener más hijos para formar una familia.

–¡Nuestra familia es una farsa!

–No tiene por qué serlo si cooperas conmigo. Quiero que las cosas salgan bien. No solamente por Emily sino también por nosotros. No sabes cuánto te agradezco que decidieras no abortar.

Charlotte se mordió emocionada el labio inferior.

–La quiero desde el momento en el que supe que estaba embarazada...

Damon se acercó a ella y le acarició la mejilla.

–Yo también la quiero mucho –declaró con voz trémula–. Haría lo que fuera por ella.

–Ya lo has demostrado. Te has casado con la mujer a la que más odias en el mundo.

Damon se quedó mirándola a los ojos.

–Espero que con el tiempo podamos llevarnos mejor. Es obvio que nos deseamos, así que tenemos posibilidades de que lo nuestro salga bien.

Charlotte no lo creía posible mientras Damon no le pidiera perdón por acusarla de robo y, para eso, lo primero era que creyera en su inocencia.

–Vámonos a la cama, mi amor –le dijo de repente.

Charlotte lo miró sobresaltada.

–¿Me estás diciendo que te quieres acostar conmigo?

–¿No es eso lo que se hace la noche de bodas?

–Sí, pero...

Damon se acercó a ella y la abrazó. Charlotte sintió el calor que emanaba de su cuerpo y lo deseó al instante.

Damon la desnudó a toda velocidad y, cuando se disponía a penetrarla, se fijó en la cicatriz que había dejado en su cuerpo la cesárea.

–¿Qué te pasó en el parto?

–Estuve doce horas dilatando y me tuvieron que hacer una cesárea de urgencia –contestó Charlotte.

Damon la miró apenado.

–¿Había alguien contigo?

Charlotte recordó aquel día. Le habría encantado que Damon hubiera estado a su lado, pues había sido uno de los momentos más felices y más solitarios de su existencia.

–No –contestó–. Mi madre había muerto tres semanas antes y Stacey... bueno, no sé dónde estaba... me había prometido ir al hospital, pero...

–Charlotte... –se lamentó Damon mirándola a los ojos.

–No pasa nada, la comadrona era un encanto y el médico, fabuloso –intentó sonreír Charlotte.

–Dios mío, qué sola has estado y qué bien lo has hecho todo –le alabó Damon.

–Gracias...

Damon la besó en la boca con pasión y buscó debajo de la cicatriz de la cesárea su tesoro femenino. A continuación, recorrió todo su cuerpo con la lengua hasta encontrar su clítoris, haciendo que Charlotte estallara de placer una y otra vez.

Capítulo 13

E N CUANTO el avión aterrizó en Atenas, Charlotte sintió que los nervios se apoderaban de ella. El vuelo había ido muy bien, sobre todo porque Damon se había mostrado mucho más amable con ella, le había hablado sin resentimiento ni enfado.

Charlotte se preguntaba si habría sido porque estaba la azafata delante o porque realmente quería dejar el pasado atrás y construir un puente de amistad con ella.

Iba a volver a ver a la madre de Damon y no podía dejar de preguntarse cómo la recibiría Alexandrine después de haberle ocultado la existencia de su nieta durante cuatro años.

También sentía curiosidad por saber cómo le habría explicado Damon a su madre aquella boda tan repentina, porque Alexandrine era una mujer muy lista y Charlotte suponía que no había creído que fuera por amor.

La residencia de los Latousakis estaba situada en el barrio de Finikia, al este del pueblecito de

Oia, un pueblo de casas encaladas de blanco en cuyas paredes refulgía la luz del sol con tanta fuerza que cegaba.

El indescriptible azul del mar Egeo brillaba colina abajo y olía a pescado, a burros y a sal, lo que hizo que Charlotte se acordara de cómo había llegado a la isla cuatro años atrás y se había enamorado al segundo día.

Con Damon como guía había recorrido todo lo que había que ver allí, había disfrutado de los atardeceres en los acantilados de Kastro, se había bañado en el minúsculo puerto de Ammoudi y había visitado todas las calas de arena negra regocijándose en el calor del verano y en el fuego de su amor.

Damon le había enseñado el lenguaje del amor y la coreografía del sexo en unas pocas semanas. Charlotte no había sido nunca tan feliz. Cada día había sido un regalo y ella había disfrutado de sentirse adorada por un hombre que era perfecto.

Era doloroso volver al lugar en el que todo había comenzado porque ahora Charlotte ya no podía escapar a lo que había perdido, que era lo que había estado intentando hacer durante años.

Alexandrine los estaba esperando en la puerta y, en cuanto vio a Emily, la tomó en brazos.

–¿Eres mi abuela? –preguntó la pequeña.

Charlotte vio que a la madre de Damon se le saltaban las lágrimas.

–Oh, cariño –contestó Alexandrine con voz trémula–. Eres exactamente igual que Eleni.

Damon sonrió y besó a su madre en la mejilla. Alexandrine se giró hacia Charlotte con expresión cariñosa.

–Cuánto me alegro de verte, Charlotte. No te puedes imaginar lo feliz que estoy de tenerte aquí de nuevo y de que formes parte de mi familia.

Charlotte no supo qué contestar, así que sonrió tímidamente y le tendió la mano, pero Alexandrine la ignoró y le plantó un beso en cada mejilla.

–Yo también me alegro mucho de haber vuelto –murmuró Charlotte.

–Tengo un montón de juguetes –anunció Emily–. ¿Te los enseño? –le dijo a su abuela.

–¿Y te los has traído desde Australia?

–Sí, mamá no quería que me los trajera, pero papá me ha dejado –contestó la niña mirando a su madre con resentimiento–. ¿Tenéis piscina? –añadió.

–Sí, claro que sí –contestó su abuela.

–¿Y tú sabes nadar?

–Sí, claro que sé nadar. ¿Y tú?

–Bueno, mi madre me ha llevado a clases, pero no se me da muy bien –confesó la pequeña.

Damon se giró hacia Charlotte y se dio cuenta de que parecía muy cansada.

–¿Estás bien? Te veo muy pálida.

–No sé por qué, pero me siento muy cansada –suspiró Charlotte–. ¿Os importaría que me acostara un rato?

–Por supuesto que no –contestó Damon acompañándola a su habitación–. No te preocupes por Emily. Mi madre se hará cargo de ella mientras tú descansas. En cualquier caso, no creo que tarde mucho en caer ella también dormida debido al jet lag. Si no te sientes con fuerzas como para bajar a cenar, no te preocupes. Te subirán algo a la habitación.

–No tengo hambre –contestó Charlotte.

La sola mención de la comida la hacía sentir náuseas.

–Hacía mucho tiempo que no veía a mi madre tan feliz.

–Me alegro mucho... de verdad...

–Para una madre, perder a un hijo es lo más terrible que le puede suceder en la vida –recapacitó Damon–. Te pido perdón por haberte amenazado con quitarte a Emily. Eres una buena madre y no debería haberte dicho eso nunca. Por cierto, no le tengas en cuenta a la niña que ahora esté más de mi lado. Está intentando ver quién lleva las riendas.

–Yo nunca le he podido comprar juguetes caros –le reprochó Charlotte.

–Hasta ahora yo no le he podido comprar ningún juguete, ni caro ni barato –le recordó Damon.

–Yo no puedo competir con vacaciones a Europa y regalos caros. Yo solo puedo darme a mí misma –le espetó Charlotte enfadada–. Por favor, cuando te vayas, cierra la puerta –añadió girándose en la cama.

–No me hace ninguna gracia que me des la espalda cuando te estoy hablando.

–Pues vete acostumbrándote.

–Mírame, Charlotte –le ordenó Damon.

–El hecho de que estemos casados no te da derecho a darme órdenes. Si no quiero mirarte, no te miro y ya está –le espetó Charlotte.

Damon apretó los puños.

–Me estás volviendo loco. Yo intento traer paz a nuestra relación y tú te resistes a todos mis intentos de firmar un alto el fuego.

–Efectivamente. Lo hago porque no confío en ti. ¿Quién me dice que no estás intentando que me vuelva a enamorar de ti para quitarme a mi hija?

–No tengo ninguna intención de que te vuelvas a enamorar de mí.

–Mejor para ti porque no lo ibas a conseguir –mintió Charlotte despechada.

–Eso me imaginaba –contestó Damon con la misma indiferencia–. El amor lo único que haría sería complicar una situación ya de por sí complicada. Tenemos una hija en común y mucho deseo, pero ese deseo irá desapareciendo con el tiempo.

–¿Y qué haremos entonces?

–Ya lo veremos cuando llegue el momento.

–¿Estamos hablando de semanas, meses o años?

–En mi caso, confieso que voy a tardar mucho tiempo en conseguir sobreponerme a ti –admitió Damon–. Vendré dentro de un rato a ver qué tal estás.

–No hace falta que te molestes.

–No es molestia. Además, no quiero que mi madre sospeche nada. Está encantada de que este-

mos juntos y cree que estamos realmente enamorados.

–¿Y eso? ¿Es que acaso ya no cree que yo robara esa estatuilla hace cuatro años?

–Esto te va a sorprender, pero creo que es mejor
que lo sepas. Mi madre nunca creyó que fueras tú.

Charlotte lo miró, efectivamente, sorprendida y
buscó en su rostro una señal que le dijera que él
también había dudado en algún momento, pero no
la halló.

–Qué pena que no pudiera convencerte a ti de lo
mismo.

–Sí, la verdad es que es una pena... bueno, ya
está bien de hablar del pasado –sonrió Damon in-
clinándose sobre ella y besándola en la boca.

A continuación, se acercó a la puerta. Mientras
lo hacía, Charlotte tuvo que morderse la lengua
para no gritarle que lo amaba. ¿Qué ganaría con
ello? Damon no quería su amor.

Charlotte abrió los ojos al amanecer y vio a Damon tumbado a su lado, profundamente dormido.
Aprovechó para mirarlo atentamente, para delei-
tarse en sus rasgos. Como si hubiera sentido sus
ojos, el cuerpo de Damon fue hacia ella, la buscó y
la acarició.

–Loula... –murmuró.

Charlotte dio un respingo, lo que despertó a Damon.

–¿Charlotte?

–Sí, soy yo. Menos mal que te acuerdas de mi nombre –contestó Charlotte con acidez.

A continuación, se sentó en la cama para levantarse.

–¿Qué te pasa? –le preguntó Damon confuso.

–Estabas llamando a otra mujer –contestó Charlotte cruzándose de brazos.

–¿Ah, sí? ¿A quién?

–¿Me estás diciendo que ha habido más de una?

–Por supuesto. No pretenderías que estuviera cuatro años de celibato.

–Por favor, ahórrame los sórdidos detalles de tu vida sexual.

–Estás celosa.

Charlotte se puso en pie rápidamente, dispuesta a negarlo, pero la habitación comenzó a darle vueltas. Damon se apresuró a levantarse y a ayudarla a mantener el equilibrio.

–Siéntate y pon la cabeza entre las rodillas –le indicó ayudándola a sentarse de nuevo en la cama.

Charlotte así lo hizo, cerró los ojos y se concentró en respirar profundamente.

–¿No te encuentras bien? –le preguntó Damon.

–Dios mío, creo que voy a vomitar...

Efectivamente, nada más llegar al baño expulsó el contenido de su estómago.

–Voy a llamar al médico –anunció Damon.

Charlotte sintió que el baño desaparecía de su

campo de visión y, como en un sueño, percibió los brazos de Damon llevándola a la cama.

—¿Cuánto tiempo hace que se encuentra mal? —le preguntó el médico.

Charlotte abrió los ojos.

—No me encuentro mal. Estoy bien —contestó.

—No, no lo estás. El doctor Tsoulis te va a examinar.

Charlotte no tenía fuerzas para discutir, así que se rindió sin presentar batalla.

—Muy bien, pero es solo el jet lag —les aseguró.

El médico le puso el termómetro.

—No tiene fiebre —anunció.

—Claro que no, ya os he dicho que me encuentro bien —insistió Charlotte.

—¿Cuándo tuvo el periodo por última vez? —le preguntó el médico.

Charlotte se sonrojó ante la atenta mirada de Damon.

—Bueno... últimamente ha sido un poco irregular...

—Entonces, no podemos descartar la posibilidad de que esté usted embarazada —comentó el doctor Tsoulis—. Le voy a tomar una muestra de sangre para ver si tiene anemia y para hacerle la prueba de embarazo. Hasta que tenga los resultados, quiero que descanse.

Damon acompañó al doctor y, al cabo de unos minutos, volvió a la habitación con un vaso de zumo de naranja recién exprimido.

—Emily está con mi madre. Ya ha desayunado y quiere ir a la piscina —anunció.

—¿Y no quiere venir a verme?

—Le he dicho que estabas descansando. No quiero que se preocupe sin motivo.

—No estoy enferma, Damon —le espetó Charlotte.

—Eso no lo sabremos hasta que no tengamos los resultados de los análisis.

—En cualquier caso, la anemia no es contagiosa.

—Podría ser otra cosa y no quiero que contagies a Emily y se quede sin vacaciones.

—Lo estás haciendo adrede, ¿verdad? Estás intentando apartarme poco a poco de la vida de Emily para que, cuando te deshagas de mí por segunda vez, no me eche de menos.

—Te estás volviendo paranoica. No tengo ninguna intención de deshacerme de ti. Nuestra relación terminará cuando ambos así lo decidamos.

—Si fueras sincero, admitirías que te gustaría terminarla ahora mismo. Así, podrías seguir con tu relación con Loula o como se llame.

—Loula es la doncella. Debe de ser que te he oído moverte y he creído que era ella que entraba a hacer la habitación.

—Así que te has vuelto a liar con una empleada, ¿eh? —se burló Charlotte—. No has aprendido de tus errores pasados.

—Tú has sido mi único error y te puedo asegurar que no estoy orgulloso de ello —le espetó Damon.

–Vaya, gracias. Es maravilloso saber que he dejado una gran impronta en ti.

–No quiero discutir contigo –contestó Damon intentando mostrarse paciente–. No te encuentras bien.

–¿Cuántas veces voy a tener que decirte que me encuentro de maravilla?

–Quiero que te quedes en la cama durante el resto del día.

Charlotte apartó la sábana y se puso en pie en actitud desafiante.

–De eso, nada.

Sus ojos se encontraron. Charlotte era consciente de que no iba a ganar aquella batalla, pues el estómago ya estaba dándole vueltas y le temblaban las piernas.

–Vuelve a la cama –le dijo Damon.

–No.

–Métete en la cama. No me obligues a que te meta yo.

–A ver si puedes.

–¿Me estás desafiando?

–No, te estoy advirtiendo que, si te acercas a mí, me pondré a gritar.

Damon sonrió encantado.

–Da igual que grites. Mi madre y el resto de las personas que están en casa creerán que son gritos de placer.

Charlotte miró a su alrededor en busca de una vía de escape, pero la cama le impedía avanzar.

–No me toques.

–¿Por qué? ¿Te da miedo responder a mis caricias?

–No, claro que no... no pienso responder a tus caricias... –contestó Charlotte sin convicción.

–¿Ah, no? ¿Estás segura? ¿Quieres que probemos? –sugirió Damon tomándole el rostro entre las manos.

Charlotte tragó saliva.

–No hagas eso...

–¿El qué? ¿Esto? –contestó Damon acercándose un poco más a su boca.

Charlotte cerró los ojos y sintió los labios de Damon sobre los suyos. Sabía que no podría resistirse mucho más tiempo. Al sentir su lengua dentro de la boca, el deseo se apoderó de ella y se apretó contra el cuerpo de Damon, que se retiró de su boca para emprender el camino del sur hacia sus pechos.

Charlotte lo miró y vio un brillo de satisfacción en sus ojos que la hizo apartarse al comprender que había entrado de lleno en su juego.

–Vete –le ordenó.

–Te molesta que no te puedas resistir a mí, ¿eh? –se burló Damon.

Charlotte apretó los puños.

–Eres mía, Charlotte, eres mía en cuerpo y alma –le dijo agarrándola del pelo y volviéndola a besar.

Charlotte luchó para no responder al ardor de sus labios, pero pronto se vio aferrándose a él con fuerza, besándolo con pasión, abriéndole la camisa, desabrochándole los pantalones y encontrando su erección, haciéndolo gemir de placer, arrodillándose ante él y doblegándolo al meterse su miembro en la boca. Lo oyó jadear, sintió la tensión en sus piernas, el estremecimiento de todo su cuerpo y comprendió que Damon no tenía intención de llegar hasta donde habían llegado, pero que ya no podía controlarse y siguió hasta el final.

Por supuesto, haber conseguido excitarlo de aquella manera era un gran orgullo para ella. Charlotte se quedó mirándolo mientras Damon se abrochaba el pantalón algo confuso.

—Lo siento —se disculpó.

—No pasa nada —contestó Charlotte.

—Charlotte...

—No pasa nada, Damon —le aseguró ella—. Tú dices que yo no me puedo controlar cuando me besas y yo quería demostrarte que a ti te pasa lo mismo conmigo.

—Yo nunca he negado que me siento atraído por ti.

—Ya lo veo, no hace falta que lo jures.

—Estoy intentando compensarte por cómo te traté hace cuatro años —declaró Damon.

—¿Obligándome a embarcarme en un matrimonio sin amor única y exclusivamente porque así tienes acceso a tu hija las veinticuatro horas del día?

—Me pareció la mejor opción. Mi madre es bastante liberal para la edad que tiene, pero aquí todo el mundo me conoce y, si no me hubiera casado con la madre de mi hija, habría sido una vergüenza.

–¿Aunque me odies?

–Eso lo dices tú, no yo.

–No hace falta que lo digas. Se te nota.

Damon se quedó en silencio.

–¿Sabes algo de tu hermana? –le preguntó.

–No... –suspiró Charlotte.

–Entonces, supongo que te gustará saber que le va muy bien.

–¿Y tú cómo lo sabes?

–Quedé con ella en Sídney y le di un ultimátum. O se desintoxicaba o la denunciaba –le explicó Damon–. Decidió que prefería pasar por una clínica privada que yo le pago que tener que correr el riesgo de verse en la cárcel.

Charlotte lo miró con los ojos muy abiertos y el corazón latiéndole con fuerza.

–¿De verdad ha ingresado en un programa de desintoxicación?

Damon asintió.

–He dejado a una persona encargándose de ella. Lleva tres semanas haciéndolo muy bien.

–¿Y por qué no me lo has dicho antes?

Damon fue hacia la puerta con expresión enigmática.

–Para darte un poco de tu propia medicina, Charlotte. Claro que tres semanas no son lo mismo que cuatro años, ¿verdad?

Charlotte abrió la boca para contestar, pero Damon ya se había ido.

Capítulo 14

MIRA, mamá! ¡Mira cómo nado! –gritó Emily desde la piscina unos días más tarde.

Charlotte sonrió mientras su hija jugaba en el agua con su abuela.

–¿Por qué no te metes tú también? –le preguntó Alexandrine.

–Sí, mamá, métete tú también –añadió Emily emocionada.

–Charlotte se quitó el pareo y se metió en el agua.

–¿Qué tal te encuentras? –le preguntó su suegra.

–Mucho mejor –contestó Charlotte–. Me parece que, por fin, me he recuperado del jet lag.

–Aun así, todavía no tienes buena cara. Damon está preocupado por ti.

Charlotte prefirió fijarse en su hija, que estaba enseñándole cómo hacía burbujas debajo del agua, que encontrarse con los ojos de Alexandrine.

–Se ha portado de maravilla conmigo –contestó sinceramente.

Charlotte todavía no se podía creer que los problemas de su hermana se estuvieran solucionando gracias a Damon. Había hablado con ella y Stacey le había contado que estaba haciendo grandes progresos.

Charlotte estaba realmente conmovida ante las molestias que se había tomado Damon por ayudar a su hermana, aunque no terminaba de entender qué lo había llevado a hacerlo porque, aunque le hacía el amor todas las noches, Damon no había revelado nada de sus sentimientos. Era como si la esperanza y el miedo estuvieran en constante lucha en su pecho.

—Está feliz con Emily —declaró Alexandrine—. Yo también —suspiró—. Cada vez que la miro, veo a Eleni.

—Mira, mamá, mira lo que hago —intervino Emily chapoteando.

—Muy bien, hija. Tu abuela te está enseñando a nadar, ¿eh? Tienes suerte porque tiene más paciencia que yo.

—No he tenido más remedio que aprender a tenerla —confesó Alexandrine mientras colocaban a la niña con sus juguetes a la sombra—. Todos los días me pregunto por qué Dios me ha arrebatado a mi hija y no tengo más remedio que ejercitar la paciencia para no enfadarme con él.

—No quiero ni imaginarme lo que has tenido que sufrir —comentó Charlotte sinceramente.

—Ha sido muy duro... Te estoy tremendamente agradecida porque Emily es un gran regalo. Cuando Damon me llamó para decirme que te había encontrado y que teníais una hija, no me lo podía creer.

–Intenté hablarle de Emily antes, pero...

–No te preocupes, te entiendo perfectamente –la interrumpió su suegra poniéndole la mano en el brazo–. Mi hijo estaba muy enfadado contigo y no supo ir más allá del orgullo. Yo le dije varias veces que tenía que haber otra explicación, pero no me escuchó.

A Charlotte le hubiera gustado reiterar su inocencia, pero justo en aquel momento Emily llegó acompañada por su padre.

–Papá se va a bañar conmigo –anunció la niña encantada.

Al cabo de un rato de estar todos en el agua, Alexandrine anunció que Emily y ella se iban dentro, una manera muy diplomática de dejar solos a los recién casados.

–Mi madre ha invitado a gente a cenar esta noche –le dijo Damon a Charlotte–. Vienen Iona y Nick. Mi madre está como loca por que conozcan a su nieta. Espero que no te importe.

–¿Por qué me iba a importar?

–Simplemente quería que lo supieras.

–Gracias por decírmelo. Sí, tienes razón. Es mejor que lo sepa con antelación. Así, tendré tiempo para ensayar la sonrisa de la perfecta recién casada feliz.

Charlotte oyó que llegaban los invitados, pero no se dio prisa en bajar. Se tomó su tiempo para vestirse y maquillarse levemente. Quería estar un rato a solas para controlar sus nervios.

–Charlotte, Iona y Nick ya han llegado –le dijo Damon abriendo la puerta del baño.

–Ahora mismo voy.

–Te espero –contestó Damon cerrando la puerta.

–Han venido a ver a la niña, no a mí.

–Ya, pero tú no te puedes esconder para siempre. Además, Emily ha preguntado por ti. Está cansada y quiere que la arropes y que le cuentes un cuento.

Charlotte lo acompañó a la planta de abajo con una falsa sonrisa en la cara.

–Ah, aquí llegáis –dijo Alexandrine al verlos aparecer–. Mira, Nick, te presento a mi nuera, Charlotte. Charlotte, supongo que te acordarás de Iona, ¿no?

Los ojos de Charlotte se apartaron de la afectuosa sonrisa de Nick Andreakos y se encontraron con la fría mirada de su esposa.

–Hola, Iona, enhorabuena por tu matrimonio –la saludó.

–Lo mismo digo –contestó la otra mujer.

–Mamá, estoy cansada –declaró Emily–. Me quiero ir a la cama.

–Muy bien, cariño –contestó Charlotte–. Despídete de los invitados.

–Buenas noches –les dijo la niña muy cansada.

Charlotte se excusó y, en compañía de Damon, fue a acostar a su hija.

–Me ha parecido que Iona te trataba con mucha frialdad –comentó Damon tras asegurarse de que Emily estaba dormida.

–Seguramente será porque me tiene por un peligro. Una vez ya le robé al hombre que se iba a convertir en su marido y ahora a lo mejor tiene miedo de que le quite a Nick.

–No le hagas caso, está embarazada y supongo que estará quisquillosa.

–No te preocupes, sé lo que es encontrarse así –sonrió Charlotte.

Damon se quedó mirándola a los ojos.

–Por cierto, ¿estás tomando algún método anticonceptivo? –le preguntó.

–La verdad es que a veces se me olvida tomarme la píldora. El ginecólogo me la mandó cuando nació Emily porque el período se me alteró. No me la tomo todos los días –confesó Charlotte retorciéndose los dedos.

–¿Eso quiere decir que podrías estar embarazada otra vez?

–No lo sé.

–Nos hemos acostado varias veces sin preservativo y, si la píldora no ha hecho efecto... bueno, a ver qué nos dice el doctor Tsoulis.

–Espero que no me haya quedado embarazada –declaró Charlotte con poca convicción.

–Con desearlo no es suficiente, hay que tomar medidas –contestó Damon con dureza.

–Quería decir que no todavía...

—¿Eso significa que te lo vas a pensar?

—Me gustaría que las cosas fueran más estables entre nosotros antes de volver a quedarme embarazada.

—Pero si estamos casados.

—No es suficiente.

—¿Qué quieres de mí, Charlotte?

Charlotte desvió la mirada.

—Quiero que me quieras como antes —confesó.

Damon se quedó en silencio.

—No creo que sea posible.

—¿Lo dices porque no confías en mí?

—No, más bien no me fío de mí mismo —contestó Damon acariciándole la mejilla con una sonrisa enigmática.

Charlotte le agarró la mano con fuerza.

—Damon, quiero que sepas que nunca he dejado de amarte.

Damon la miró sorprendido, pero la sorpresa dio pronto paso a la sospecha.

—Tenemos invitados —le recordó invitándola a salir de la habitación de Emily.

Capítulo 15

ACHARLOTTE la cena se le hizo pesada y larga. Le resultaba increíblemente molesto sentir los ojos de Iona sobre ella en todo momento. Al principio, consiguió ignorarla, pero, al cabo de un rato, comenzó a enfadarse.

–¿Tú qué opinas, Charlotte? –le preguntó Nick de repente.

–Lo siento... no sé qué me habías preguntado –declaró sinceramente–. Estaba pensando en mis cosas –añadió con una sonrisa.

–Nick te ha preguntado si te has planteado la posibilidad de establecerte permanentemente en Santorini –le dijo Damon.

–Yo... no... en fin... eh...

–Ya veo que todavía no tienes nada decidido –sonrió Nick–. Damon, eso quiere decir que te lo vas a tener que currar un poco más.

–La verdad es que no hay problema. Hasta que Emily no tenga que ir al colegio, nos podemos repartir entre Australia y Grecia.

–Si no os importa, voy a ir a tomar un poco el fresco –anunció Charlotte poniéndose en pie.

–¿Te encuentras mal? –le preguntó Damon mirándola con preocupación.

Charlotte negó con la cabeza.

–No te preocupes, estoy bien, ahora mismo vuelvo.

Iona también se levantó.

–Voy contigo –anunció–. Necesito estirar las piernas un poco.

A Charlotte no le apetecía demasiado la compañía de la otra mujer, pero no tuvo más remedio que aceptarla.

–Tienes una hija preciosa –le dijo Iona mientras cruzaban el vestíbulo de suelo de mármol en dirección al baño–. Se parece mucho a Eleni.

–Gracias.

Al llegar al baño, Iona cerró la puerta y se apoyó en ella como si cargara el mundo sobre sus espaldas.

–Charlotte, tenemos que hablar, pero me tienes que prometer que no le vas a contar a nadie lo que te voy a decir.

Charlotte la miró confusa.

–No te imaginas lo que te voy a decir...

–Sí, sí me lo imagino. Me vas a decir que fuiste tú la persona que puso esas estatuillas en mi bolso y en el hotel, ¿verdad?

–No.

–¿No fuiste tú?

–No, fue Eleni.

–¿Eleni?

–Sí, lo hizo para protegerme. Ella creía que yo estaba locamente enamorada de su hermano. Supongo que sabrás que nuestras familias querían casarnos.

–Sí, lo sabía...

–Tendría que haberle contado a Eleni la verdad, pero no me atreví.

–¿La verdad?

–Siempre he querido mucho a Damon, pero como si fuera un hermano. Nunca lo quise como hombre. Jamás estuve enamorada de él. La verdad es que llevo enamorada de Nick desde los doce años, pero nunca tuve valor para decírselo a nadie, ni siquiera a Eleni.

–No sé qué decir –contestó Charlotte tragando saliva.

–No te puedes ni imaginar el dolor que me causa pensar que has estado separada de Damon todo este tiempo por una estupidez de su hermana. Cuando me enteré de que habías tenido una hija, me invadió la desesperación. Por eso no podía parar de mirarte en la cena. Te pido perdón por haberos separado.

–No te preocupes, Damon no me quiere.

–¿Cómo lo sabes?

–Porque me lo ha dicho él.

–No lo creo.

–Se ha casado conmigo por Emily.

–Todo ha sido por mi culpa –se desesperó Iona–. Debería haber hablado de esto con alguien antes, pero no quería traicionar a Eleni. Ella no quería que su madre y su hermano se enteraran de que se había comportado como una cría irresponsable. Debería haber dicho algo, pero se lo prometí.

–No pasa nada...

–Claro que pasa. Eres la madre de la hija de Damon. Eleni creía que jamás volverías a nuestras vidas y que yo me casaría con su hermano –le explicó Iona con tristeza–. Debería haber sido sincera con ella desde el principio. Ella estaba muy orgullosa de lo que había hecho.

–Y yo que creía que le caía bien...

–Le caías bien. Le parecías una chica maravillosa, pero estaba atrapada en su sueño infantil, ella quería que fuéramos hermanas cuando yo me casara con Damon, pero lo que ha pasado al final es que la muerte y el engaño nos han separado.

Charlotte cerró los ojos.

–Además de meter las estatuillas en tu maleta, Eleni habló con los chicos del hostal para que fingieran que se habían acostado contigo –añadió Iona–. No me enteré hasta mucho después. Me lo confesó el día en que murió.

–Entonces, ¿nadie más sabe esto?

Iona negó con la cabeza.

–He pensado muchas veces en contárselo a Alexandrine o a Damon, pero no lo he hecho porque no quería destruir el recuerdo que tenían de Eleni.

Ella me rogó que no se lo contara a nadie jamás. Ni siquiera se lo he contado a Nick.

–¿Te das cuenta de que Eleni me ha destrozado la vida? Y también a su hermano –apuntó Charlotte.

–Estáis juntos de nuevo –dijo Iona acercándose a Charlotte y tomándola de las manos–. Os habéis casado y tenéis una hija, Damon volverá a enamorarse de ti, estoy segura.

–Ojalá yo estuviera tan segura como tú –contestó Charlotte con una triste sonrisa.

–Es un buen hombre. Quiere mucho a su hija y aprenderá a quererte a ti por haberle dado tan maravilloso regalo. No tires la toalla.

–¿No le vas a contar la verdad nunca?

Iona negó con la cabeza.

–Tú no se la vas a contar y yo no puedo contársela porque no me creería.

–Se lo prometí a Eleni...

–Ella está muerta y yo estoy viva.

–No puedo traicionar a mi mejor amiga.

–Está muerta, Iona –insistió Charlotte con desesperación.

–Da igual, no voy a traicionarla.

–Muy bien –dijo Charlotte malhumorada.

–Por favor, perdona a Eleni. Ella creía que estaba haciendo lo correcto. Te aseguro que, si supiera lo que habéis sufrido por su culpa, os pediría perdón mil veces.

–Y, aun así, tú no quieres aliviar ese dolor contándole la verdad a Damon.

–¡No puedo hacerlo! –insistió Iona–. Eleni era mi mejor amiga. Además, piensa en el dolor que le causaría a Alexandrine enterarse de lo que hizo su hija.

–Tienes razón –suspiró Charlotte con resignación–. Ni Alexandrine ni Damon han superado todavía la pérdida de Eleni. De momento, es mejor no decirles nada.

–Hacía meses que no veía sonreír a Alexandrine, pero cada vez que mira a tu hija, se le dibuja una sonrisa de oreja a oreja.

–¿Tú crees que algún día podré limpiar mi nombre? –le preguntó Charlotte.

–Yo creo que Damon se dará cuenta, tarde o temprano, de que eres inocente. Además, también creo que es mejor que se dé cuenta él solo a que tenga que abrir los ojos porque otra persona demuestre tu inocencia.

Charlotte comprendió que Iona tenía razón.

–He visto cómo te mira. Es evidente que no se puede creer que hayas vuelto a su vida –continuó Iona–. Aunque no quiera admitir lo que siente por ti, es evidente que siente algo –añadió–. Perdona si lo que te voy a preguntar es demasiado personal. ¿Vuestro matrimonio está consumado?

Charlotte no contestó, pero se sonrojó de pies a cabeza.

Iona sonrió con satisfacción.

–¿Podrías estar embarazada?

–No creo –contestó Charlotte mordiéndose el labio inferior.

–Un bebé os vendría de maravilla. Yo estoy embarazada de tres meses y es increíble lo que este embarazo nos ha unido a Nick y a mí.

–Deberíamos volver a la mesa –anunció Charlotte–. Gracias por contarme lo de Eleni. Me doy cuenta de lo difícil que ha tenido que ser para ti guardar este secreto durante tanto tiempo.

–Me gustaría poder hacer algo más por ti, Charlotte, pero jamás me perdonaría romper la promesa que le hice a mi mejor amiga. Me pidió que no le contara a nadie jamás lo que había hecho. Lo entiendes, ¿verdad?

Charlotte suspiró.

–Sí, lo entiendo –contestó sin convicción.

Cuando los invitados se fueron y su madre se hubo acostado, Damon se giró hacia Charlotte.

–¿Quieres un chocolate caliente?

–No, estoy muy cansada. Me voy a la cama.

–Esta noche lo has hecho muy bien. Al principio, por cómo te miraba, creía que Iona iba a montar una escena, pero, cuando habéis vuelto del baño, todo ha cambiado. ¿De qué habéis hablado?

–De nada, cosas de chicas, ya sabes.

–Por lo visto, Nick estaba preocupado por ella. Parece ser que, desde que se enteró de que tú y yo estábamos juntos otra vez, estaba muy nerviosa.

Charlotte evitó sus ojos.

–Supongo que se preguntaría qué iba a robar

esta vez. A lo mejor tenía miedo de que me fuera a llevar la plata de la familia y por eso no me quitaba ojo de encima.

Damon se quedó mirándola intensamente.

—Iona no sabe nada de lo del robo de las estatuillas.

—Tu hermana era su mejor amiga. Seguro que se lo contó.

—No. Eleni me dio su palabra de no contárselo a nadie y jamás me hubiera traicionado.

—Debe de ser una suerte haber tenido una hermana en la que se podía confiar tanto —remarcó Charlotte con ironía.

—¿Qué has querido decir con eso?

—Nada, no me apetece tener esta conversación ahora.

—¿Tienes alguna razón para creer que Eleni le habló a Iona del robo?

—Me voy a la cama —insistió Charlotte.

—Te irás a la cama cuando yo lo diga.

—Ya estoy hasta las narices de tus modales de cavernícola —le espetó Charlotte enfadada.

—No me desafíes. Te encanta hacerlo, lo veo en tus ojos.

—Lo que ves en mis ojos es que no te soporto.

—Vaya, ¿el otro día no me dijiste que me querías? —sonrió Damon—. Ya veo que no era cierto. Querías que confesara que yo sentía lo mismo por ti para poder ridiculizarme, ¿verdad?

—¡Claro que no!

–Claro que sí. Habría sido la venganza de las venganzas. Si te hubiera confesado que te quería, habrías podido rechazarme.

–A diferencia de ti, yo no juego con los sentimientos de los demás –le aseguró Charlotte.

En aquel momento, llamaron a la puerta.

Era Emily.

–Me he hecho pipí en la cama –confesó la niña poniéndose a llorar.

–No pasa nada, cariño –la tranquilizó Charlotte tomándola en brazos–. Te cambio el pijama y las sábanas y ya está.

–Os estabais peleando –sollozó la pequeña–. Papá se irá si te enfadas con él. Eso fue lo que pasó con el padre de Janie.

–No nos estábamos peleando, cielo –le aseguró Charlotte–. Simplemente, estábamos discutiendo.

–Estabais gritando –insistió la pequeña metiéndose el pulgar en la boca–. Os he oído.

–Tienes razón, hija –intervino Damon poniéndose de rodillas al lado de la niña–. Nos estábamos peleando, pero ya ha pasado. A veces, los adultos hacen estas cosas, pero no tiene mayor importancia, se piden perdón y ya está.

–¿Vosotros os vais a pedir perdón? –dijo Emily mirándolos con lágrimas en los ojos.

Damon sonrió con ternura.

–Por supuesto –contestó poniéndose en pie y mirando a Charlotte–. Te pido perdón por comportarme como un canalla arrogante. No te mereces que te hable así. ¿Me perdonas?

Charlotte tragó saliva. Damon parecía realmente sincero.

–Por supuesto que te perdono –murmuró.

–Mamá siempre me besa cuando me pide perdón –intervino Emily.

–Entonces, yo también la voy a besar para que sepa que la disculpa que le he pedido es de verdad –contestó Damon–. ¿Qué te parece, Emily?

–Muy bien –sonrió la niña encantada.

Charlotte se tensó brevemente, pero, en cuanto sus labios se encontraron, se relajó, cerró los ojos, suspiró de placer y le pasó los brazos por el cuello. Le costó trabajo, pero consiguió apartarse y agarrar a Emily de la mano.

–Ven, te voy a cambiar la cama para que puedas dormir –le dijo a su hija.

–Ya me encargo yo de las sábanas –dijo Damon–. Tú cámbiala de pijama.

–Muy bien –contestó Charlotte–. Gracias –añadió mirándolo a los ojos.

–Tendríamos que haber hecho esto mucho antes –sonrió Damon.

–¿A qué te refieres?

–A que tendríamos que habernos perdonado mucho antes.

–Yo te perdoné hace años, Damon –contestó Charlotte saliendo de la habitación en compañía de su hija.

Capítulo 16

DAMON la estaba esperando en su dormitorio y, cuando la vio entrar, se puso en pie y fue hacia ella.

—Charlotte, lo que te he dicho delante de Emily iba muy en serio.

—Gracias —contestó Charlotte.

Damon se pasó la mano por el pelo.

—Me parece que ha llegado el momento de que hablemos de nuestro futuro. No podemos continuar con esta animosidad. Afecta a nuestra hija. Se ha hecho pis en la cama. Creo que es un indicador muy fiable de que necesita que sus padres aprendan a quererse y a respetarse.

—Damon, yo...

—No —la interrumpió Damon—. Por favor, déjame continuar. Me he dado cuenta de que te sigo queriendo.

—¿Cómo?

—Te quiero, Charlotte —sonrió Damon—. Creo que te quise desde la primera vez que te vi, aunque no te lo dijera entonces. En aquella época, se suponía que me iba a casar con otra mujer y no veía la manera de salir de todo aquel embrollo. Cuando encontraron las estatuillas en tu bolso y en tu equipaje, se me antojó que era la salida perfecta, la excusa que estaba esperando para poner fin a nuestra relación aunque, en realidad, no quería separarme de ti, pero tenía que hacerlo para cumplir con las expectativas de mi familia. Dejé que la furia me cegara. No quería ni plantearme que otra persona mucho más cercana a mí fuera la responsable del robo.

Charlotte lo miró expectante.

—La otra noche dijiste algo que me hizo pensar en lo que somos capaces de hacer para proteger a los que queremos. Por ejemplo, tú estabas dispuesta a plegarte a mi insultante demanda para proteger a tu hermana y a tu hija. Eso me hace pensar que mi hermana pudo hacer lo mismo. Eleni quería que Iona fuera su cuñada. Siempre lo quiso. Incluso cuando sabía que iba a morir me pidió varias veces que me casara con su mejor amiga, pero yo sabía que Iona no quería casarse conmigo. Yo tampoco quería casarme con ella, pero no tuve el valor de decírselo a mi hermana. Dejé que muriera creyendo que nos íbamos a casar. Conozco bien a Iona y sé que ella hizo lo mismo.

—¿Tu madre sabe todo esto?

—No quiero hablarle mal de su hija, pero creo que ha llegado a la misma conclusión que yo.

—¿Qué conclusión es esa?

Damon le tomó las manos entre las suyas y la miró a los ojos.

–No tendría que haberte apartado de mi vida hace cuatro años. Tendría que haber luchado para limpiar tu nombre. Sé que eres incapaz de traicionar mi confianza porque eres una mujer fiel y comprometida con los tuyos. Tu actitud ante los problemas con las drogas de tu hermana así lo pone de manifiesto. Stacey te ha defraudado una y otra vez y tú siempre encuentras la manera de perdonarla. Espero que también encuentres la manera de perdonarme a mí por lo que te he hecho.

–Te he dicho hace un rato que te perdoné hace años. ¿No me crees?

–Ya sé que esta contestación llega con cuatro años de retraso, pero sí, te creo, *agapi mu* –contestó Damon con lágrimas en los ojos.

Charlotte sintió que las lágrimas le resbalaban por las mejillas.

–Cuánto te quiero –declaró abrazándolo con fuerza–. No ha habido ni un solo día durante estos cuatro años en el que no haya pensado en ti.

–Yo también he pensado mucho en ti. Por eso, cuando el museo se puso en contacto conmigo para organizar la exposición, decidí que era la oportunidad perfecta para volver a verte y descubrir lo que sentía por ti. Nada más verte, comprendí que te seguía deseando. Quería volver a tenerte. Cuando tu hermana me robó la cartera y la encontré en tu bolso, asumí inmediatamente que seguías siendo una ladrona y eso me hizo decidir que quería vengarme de ti.

–Y yo quería proteger a Stacey, quería que se desintoxicara y, además, estaba aterrorizada ante la posibilidad de que descubrieras la existencia de Emily y me la quitaras.

–Te pido perdón por mis amenazas –contestó Damon bajando la mirada–. Eres la madre más maravillosa del mundo y me alegro de que seamos una familia.

–Una familia... –suspiró Charlotte.

–Sí. Emily, tú y yo. Los tres. De momento.

–¿De momento?

–Sí, hace falta tiempo para formar una familia numerosa –sonrió Damon.

–Tenemos todo el tiempo del mundo –contestó Charlotte besándolo.

Epílogo

QUÉ TE parece? –le preguntó Charlotte a su hermana, que tenía a su hijo recién nacido en brazos.

–Es precioso –contestó Stacey.

–Sí, a nosotros también nos lo parece, ¿verdad? –intervino Damon poniendo el brazo sobre los hombros de su esposa con orgullo.

–Claro que sí, pero nuestra opinión no es nada objetiva –contestó Charlotte mirándolo con cariño.

–¿Lo puedo sostener? –preguntó Emily con impaciencia–. Me habíais prometido que lo podría tener en brazos después de la tía Stacey.

–Y siempre hay que cumplir las promesas, ¿verdad, Charlie? –sonrió Stacey girándose tímidamente hacia su hermana.

Charlotte sonrió al mirar a su hermana, que rebosaba salud.

–A Damon y a mí nos gustaría que fueras la madrina de Aleksandar. ¿Qué dices?

–Que nada en el mundo me gustaría más –contestó Stacey con lágrimas en los ojos.

Bianca

¿Suya por una noche?

Cuando el millonario Matteo Santini compró una noche con Bella Gatti lo hizo para proteger su inocencia del peligroso juego en el que estaba atrapada. Nunca esperó quedarse tan enganchado de la poderosa atracción que sentía por ella o tan sorprendido por su desaparición al día siguiente.

Bella, camarera de hotel en Roma, había escapado de un bochornoso pasado, pero los recuerdos de esa noche con Matteo aún la perseguían. Estaban obligados a acudir juntos a una exclusiva boda en Sicilia y Bella sabía que el implacable magnate querría ajustar cuentas.

Pero cuando volvieron a verse quedó claro que la única forma de escapar sería pasando por la cama de Matteo.

UNA NOVIA SICILIANA
CAROL MARINELLI

Acepte 2 de nuestras mejores novelas de amor GRATIS

¡Y reciba un regalo sorpresa!

Deseo

DEREK

Infierno y paraíso

BARBARA DUNLOP

Los planes de reforma que Candice Hammond había hecho para el restaurante eran perfectos, o eso parecía, hasta que apareció el guapísimo millonario Derek Reeves. Discutían por todo y Candice estaba utilizando toda su habilidad negociadora para evitar que su proyecto de decoración acabara convertido en humo.

Derek Reeves sabía qué hacer para vencer siempre; no debía perder nunca la concentración, ni dejar que nada lo distrajera. Pero la estrategia empezó a resultarle muy difícil de cumplir cuando se quedó a solas con Candice. Fue entonces cuando ambos se vieron obligados a poner todas sus cartas… y toda su ropa sobre la mesa.

Era sexy, atrevido… y solo jugaba para ganar

Sería suya... hasta que él quisiese

Aunque habían pasado ya diez años desde que Tiarnan Quinn la rechazara de un modo humillante, las heridas de la famosa modelo Kate Lancaster aún no se habían cerrado. Podía tener a cualquier otro hombre, pero aquel millonario con el corazón de hielo tenía algo que hacía que le flaquearan las piernas, y cuando la invitó a pasar unos días en su lujosa villa de la Martinica no fue capaz de negarse.

Sabía que Tiarnan no podía darle lo que quería, amor verdadero y una familia, pero, durante esos días de relax con sus noches de pasión en aquel paraíso tropical, empezaría a descubrir que tras la pétrea fachada se escondía un hombre muy diferente.

AMANTE SIN ALMA
ABBY GREEN